借我一寸微光

洛施　著

二十一世纪出版社
21st Century Publishing House
全国百佳出版社

图书在版编目（CIP）数据

借我一寸微光 / 洛施著. -- 南昌：二十一世纪出版社，
2014.3（2022.4重印）
（后青春期丛书）
ISBN 978-7-5391-9292-5

Ⅰ.①借… Ⅱ.①洛… Ⅲ.①长篇小说—中国—当代
Ⅳ.①I247.5

中国版本图书馆 CIP 数据核字 (2013) 第 281120 号

借我一寸微光

洛 施 / 著

策　　划	张　明	
责任编辑	张　宇	
特约编辑	苗　恒	
出版发行	二十一世纪出版社（江西省南昌市子安路 75 号　330009）	
	www.21cccc.com　cc21@163.net	
出 版 人	张秋林	
经　　销	新华书店	
印　　刷	三河市人民印务有限公司	
版　　次	2014年3月第1版　2022年4月第3次印刷	
开　　本	880×1230 mm　1/32	
印　　张	7.75	
字　　数	163 千	
书　　号	ISBN 978-7-5391-9292-5	
定　　价	22.00 元	

赣版权登字—04—2013—825

如发现印装质量问题，请寄本社图书发行公司调换 0791-86524997

Contents 目 录

第一章　流年花开开未央

1

青春是一朵荆棘花

带着刺，带着伤，鲜血淋漓地倔强成长

流年是一朵荆棘花

划过你，留下一道道生疼的疤

以此纪念，你活过，你爱过，你痛过，你恨过……

聂小雨蜷缩在火车站候车厅里的塑料椅上，疲惫已经让她睁不开眼睛，眼前的一切因为大脑的疲惫而变得像梦境。显得嘈杂且不真实。

整整一天一夜，她坐在火车站候车厅里看着分别的人重逢，又看着重逢的人分别，看着火车站从喧嚣慢慢过渡到寂静。内心慢慢衍生出来的绝望感一点一点地啃食着她的期待。

我终究没有等到你，瑾瑜！她在心里无力地叹息，也许是因为

太疲惫，所以连悲伤都失去了力气。瑾瑜，你是下定了决心要我死心吗？她从凳子上起来，腿已经发软。小雨扶着椅子定了定，缓和了已经发麻的腿，走到售票窗口："阿姨，我要一张到 N 城的硬座票。"

售票的阿姨有着一张麻木冷漠的脸。没有表情，机械地递过来一张票，收过钱。

火车上的空气虽然浑浊，可在这寒冷的冬天，远比大厅里温暖得多。小雨手中捏得发烫的手机发出一声刺耳的警报，自动关机了。小雨看着手机黑掉的屏幕，眼泪开始不受控制，啪嗒啪嗒地掉在上面，晕染开来，像一汪一汪悲伤的湖泊。

我说过，我会在车站等你给我打电话，一直等到手机没有电为止。我告诉过你，我只带了一块电板。瑾瑜，你为什么不出现？小雨盯着手机的屏幕在心里默默念叨着，埋怨着。也不顾是在火车上，旁若无人地哭了起来。

手机的屏幕已经被眼泪浸透，泪从屏幕上滑落，渗透进小雨的牛仔裤里。

她的邻座坐着一个男生，他用奇怪的眼神看一眼这个掉泪的女孩，心里猜测着她应该是失恋了，或者遇到了什么困难。然后又迅速地转移目光。男生的眼神里也充满着疲惫，他闭上眼睛。

火车终于发出了长鸣，热闹地启动了。

一天一夜没有睡觉的小雨看起来有些狼狈，居然靠在身旁那个男生的肩头睡着了。感觉到肩头突然而来的重量，男生猛地睁开眼睛。小雨的脸上依然透着淡淡的悲伤，仿佛在那悲伤的背后，是巨大的委屈。这样寒冷的冬天，小雨却穿得极其单薄。于是她像极了一张纸片，仿佛风一吹就能将她吹走。

男生犹豫了一下，终没有忍心叫醒她。就任凭这个不知道受了什么伤的女孩在自己的肩头上小憩。

车窗外是大片大片的田野，天色是略带阴郁的灰色。灰色的天和枯黄的田野相应，一种冬日的萧条感被体现得淋漓尽致。冬日的雨清洗着这个暗色调的世界，一切就像一幅绝美的油画，自然且真实。只是，疲惫的小雨无幸欣赏。

"不要，别过来，给我滚开！"小雨从梦中惊醒，一身的冷汗。身旁的男生被她吓了一跳，慌乱地看着小雨。他的手被小雨捏得有些疼，他不知道她为什么如此紧张地抓着自己的手。小雨抬起头的时候，他看到小雨的眼里闪着泪光。

"做噩梦了？"男子不确定地问小雨

小雨这才缓过神来，看了看男子的肩膀被自己的头压过的痕迹，连忙道歉："对不起，我睡着了。"

男子看着小雨无所适从的样子，淡然地微笑着。男生的笑容很好看，干净且明朗，好像冬天的向日葵。小雨这才看清身边坐着的人。他脸上透露出沉稳与成熟，是个显然比自己大很多的男生。不，或者是男人。

男子依然温暖地笑着，善意的，温柔的："没关系，我叫高泽洋，你呢？"

"聂小雨。"小雨答，出于礼貌，小雨还硬是让自己挤出一丝笑容来。

"你刚是做噩梦了吗？"高泽洋试探着问。或许，他不应该对这样一个小女孩感到好奇，但是他好奇的是，什么梦让小雨变得那么慌乱紧张。

2

小雨点点头，不再说话。那是一场绵密的梦，从一个场景跳到另外一个场景再到另一场景，让小雨筋疲力尽。其中有熟悉和不熟悉的人和事。只是，那个很久没有出现的梦境，又出现了。

梦里，一个猥琐的男人，有一张狰狞的脸。伸出他肮脏的爪子，撕扯小雨的衣服。每一次，小雨都要在梦里和那个男人抵死相抗，最后被惊得一身冷汗，从梦中醒来。

那个男人便是小雨的妈妈离开小雨的爸爸之后嫁的男人。小雨对于自己的亲生父亲毫无印象，只是每一次妈妈都会以经典的方式描述父亲那一家人，其中包括了小雨这个名字的来历。

小雨出生那天，天空下着大雨。救护车因为天气的关系而晚到了，而小雨却对这个世界迫不及待。于是，救护车还未到医院，小雨就钻出了妈妈的肚子。

十月怀胎，大家都期待着从妈妈肚子里能跑出个男孩子来。特别是爷爷奶奶，一脸的严肃。然而，当救护车里的护士抱着刚刚出生的小雨对家属说："还好，顺利生产了，是个丫头。"

所有人的脸都耷拉了下去。妈妈说，特别是奶奶，看到小雨的时候，那表情恨不得把小雨塞回去变个男孩出来似的。小雨是在许多人的失望中出生的。取名字的时候爷爷很无奈地说："就叫小雨吧。"没多加思考，敷衍极了。

妈妈自觉羞愧，更是毫无立场反驳，所以不发一言，也无异议。于是，这个名字就这样出现在了户口本上。小雨每次听妈妈讲起，就会很庆幸地想："还好姓佟，后来又跟着后爸姓聂，要是姓个李呀王呀的。王小雨，或者李小雨那多难听。聂小雨虽然不特别，但是也不难听。"

小雨对这一家人或许不是喜悦也不是灾难，但是对她的妈妈来说，绝对是个灾难。因为生不出男孩，爸爸对妈妈的关心越来越少，爷爷奶奶也冷眼相对。终于有一天，爸爸对妈妈说："我们离婚吧！"

当时妈妈正在给小雨喂奶，惊慌地抬起头："你说什么？"

爸爸的眉头微微皱起："我说我们离婚！"紧接着，将离婚协议丢到了妈妈面前，完全不是协商的语气，而是命令。

"为什么？就因为小雨是个女孩？"妈妈将几个月大的小雨放在了床上。小雨开始哭了起来。但是，她的哭声却没能让那个男人心软。

"哪来那么多废话？"爸爸不耐烦地说。

妈妈打死也不同意，差点就要和爸爸同归于尽了。后来爸爸说，他另外有了女人，而且那个女人已经怀了他的孩子。B超的时候，爸爸多塞了点钱，于是提前知道了那个女人肚子里怀着的，是个男孩。

听到这个，妈妈犹如遭受了晴天霹雳。无奈之下，同意和爸爸离婚。就这样，妈妈带着小雨过起了颠沛流离的生活，也曾寄人篱

下，低声下气。

小雨对于六岁之前发生的事完全没有印象，只能从妈妈的嘴里了解过去。妈妈带着小雨先寄住在小姨家。时间短还好，时间一长，人灵魂里的本性慢慢流露出来，小姨开始对她们娘俩不耐烦了。

几个月大的小雨，总是半夜里哭个不停，吵得大家不得安宁。每次说到这里，妈妈的脸上就会露出一些假装的气愤。小雨就趴在妈妈的腿上静静地听。

"还能怎么样，为了不受人冷眼，我只能搬出来啦！"妈妈接着说。

又是一段颠沛流离的生活，妈妈说。她一直很庆幸那时候的小雨还小，等长大了就会忘记了这些苦难。

为了养活小雨，妈妈换了一份又一份的工作。有时候会一天到晚干许多份工作。这样的辛苦像一座大山，压得妈妈喘不过气来。虽然小雨承受的爱不多，但是妈妈对她的爱，已经是倾尽了全部。

后来，小雨要上幼儿园了，妈妈也在无奈之下沦落到美容院工作。

直到妈妈遇到了一个男人，说愿意娶她，并且也愿意承担小雨的抚养责任。妈妈就带着七岁的小雨跟着男人，坐很久的火车，到了男人所在的 N 市。

3

那是一个阴冷的夜，记忆中，那天下着小雪。

"小雨，到了。"妈妈温柔的喊声唤醒了睡梦中的小雨。小雨抬起头，揉了揉惺忪的眼。窗外已然是另一番光景，车厢的玻璃上蒙上了一层厚厚的雾气，小雨透过雾气看到了窗外昏黄的灯光。这是个陌生的城市，陌生的车站。

妈妈牵着小雨的手，一起走下了车。刚踏出车厢，一股寒意就迎面袭来，冻得小雨控制不住地发抖。暮色里，一个穿皮夹克的男人远远地向他们走来。那是小雨第一次见那个男人。他并没有想象中的温柔和亲切，表情冷漠得像一张扑克，那一股严肃和当时的天气一样的冷。小雨不敢出声，只是睁着一双铜铃大的眼睛，盯着眼前这个男人。男人没有多余的话，只是接过妈妈手中的行李，淡淡地说了一句："走吧！"

男人招来一辆出租车，小雨看着车窗外的小雪走神。黄色灯光下的小雪好美，美得像童话仙境。或者说，气氛本就该沉默，谁都不应该说话。出租车的广播里正放着一首小雨不知道名字的曲子，小雨只是觉得，很好听。

然而，车越驶越偏僻，窗外的风景变成了一座座光秃秃的山，像脱发的老头。最后，车子停在了一个胡同口。

于是，小雨就跟着妈妈住进了这个陌生男人巷子深处的家。这个男人家里并不宽裕。小雨在心里有微微的失落感，却依然不敢多发一言。她本幻想着，到一个新的地方，会有洋房住，房间里有小

床，有洋娃娃，有公主裙。然而眼前却是一个小房间，一张木板搭的小床，一张木桌子，一眼就能看出是哪个学校淘汰后的废旧书桌。椅子比桌子新一点。

房间里陈设简单，弥漫着灰尘的味道，那是一种陌生的味道。第一夜，小雨躺在这陌生的房间里无法入睡。她似乎无法相信，自己会在这里生活下去。

男人的脾气不是很好，爱喝酒，喝醉了又像神经病一样发酒疯。男人对妈妈不好，会打她，有时候也会打小雨。那时候的小雨已经懂事，这些记忆不可能在她脑海里抹去。她永远都记得男人当着她的面抓着妈妈的头发将妈妈拖走的画面。

妈妈痛苦地哀嚎着，男人就狠狠地打妈妈。

小雨哭着抓住男人的手："妈妈，走！妈妈，我们走！"小雨对着妈妈喊着。小雨伤心得居然只会说"走"字。她想说的是，让妈妈离开这个男人，离开这里，回到原来的城市，回到原来的生活。

然而，小雨的话会再一次激怒男人，男人狠狠甩了小雨一巴掌："有种就给我滚出去，别再回来。老子还不想养你这拖油瓶。小贱货！"接着，又是对着妈妈拳打脚踢。小雨愣愣地看着一切。

从那以后，她再也不随便说"走"。她害怕激怒那头野兽，她害怕伤害到妈妈和自己。她小心翼翼地活着，小心翼翼地保护着自己和妈妈。

然而，在妈妈生下弟弟后，小雨的悲惨生活才真正的开始。

"很可怕吗？"高泽洋的问话打断小雨的思绪。小雨猛的回过神来："什么？"

"噩梦，很可怕吗？"高泽洋又问。

小雨淡淡地笑，然后点点头，紧接着又摇摇头："以前觉得可怕，现在不可怕了。"

4

火车还在前行，两个人陷入了沉默里，或者是因为都累了，也不愿再开口说些什么。高泽洋显然明白，小雨不愿谈起噩梦，他也只好什么都不问。

窗外的天也渐渐暗了下来。

"瑾瑜，我就知道你会来的，我就知道。"睡梦中的小雨突然紧紧抓着高泽洋的手，吐字不清地说着。她好像看到了瑾瑜，那个她等了一天一夜的男孩。瑾瑜笑着朝自己走来，小雨的脸上露出了天真的笑容，仿佛所有的等待和绝望都成了云，散到了天边。有的，只有喜悦和兴奋。

高泽洋看着小雨的异常反应，忙用手去摸小雨的额头："你的头怎么这么烫？你发高烧了！"高泽洋开始有些担心，很显然，小雨已经烧糊涂了。从她含糊不清、断断续续的语句里。高泽洋清晰得听到了"瑾瑜"两个字。

"快，车上有没有医生，或者带了退烧药的。"高泽洋开始不顾形象地在车厢里喊。他这一喊，把车上所有睡着的或者没睡的旅客都喊清醒了，还有乘务员也赶了过来。

"这个女孩发高烧了，很严重，大家赶紧帮帮忙。"大家纷纷

围了过来。

"等等，我去别的车厢看看，有没有医生！"乘务员说着，忙起身走到另一节车厢。

"让我来看看。"一个四十左右的男人走到小雨和高泽洋的身边。小雨的嘴里还在含糊不清地说着什么，只是没人听得清楚她在说什么。

"她说什么？"医生好奇地问高泽洋。

"先别管她说什么，给她看看，喂点药下去。她烧糊涂了。"高泽洋着急地说。

"还好我包里带了许多应急的药物。"医生边说边走回自己的位置，拎过自己的包，从包里翻出了体温计。医生给小雨测出的温度是四十度二。"我的天！"医生看到温度脱口而出。这个温度吓坏了所有围观的人。

"快，去打杯水来。"医生吩咐站在身后的乘务员。乘务员连忙去端了一杯温开水。医生拿出退烧药给小雨喂了下去："待会她会很不舒服，你得照顾好她。"医生郑重地对高泽洋说。高泽洋点点头。小雨开始发抖，蜷缩进了泽洋的怀里。

小雨的脸色犹如一张苍白的纸，连嘴唇都失去了血色。看着她现在的样子，泽洋忙脱下自己的西装外套，盖在小雨的身上。可是好像一点都不管用，小雨还是抖得厉害。

"拿这个毯子给她披上，把她抱紧点，吃完药会忽冷忽热。"一位老奶奶从自己的箱子里扯出一条毛毯，边给小雨裹边对高泽洋交代。高泽洋连说谢谢，听从老奶奶的叮嘱将小雨抱得更紧。

那一刻，也许小雨应该庆幸，所有的好人，似乎都在同一时刻被她遇上了。

小雨的发抖显然已经好多了。

此时，小雨脸上的肌肤紧贴着高泽洋的心脏。高泽洋感觉到心口一阵一阵的灼热。

不一会，小雨开始挣扎着离开泽洋的怀抱，无力地扯动身上的毛毯。高泽洋见小雨的额头上已经布满了细密的汗水。凌乱的长发因为汗水而紧紧地贴在小雨的肌肤上。高泽洋甚至还能触摸到小雨单薄的衣服被汗水渗透而潮湿。

他赶紧将小雨身上的西装和毛毯都褪去。

"瑾瑜。"高泽洋喃喃地重复这个名字。

5

他猜测，"瑾瑜"便是小雨心底深处的那个男孩。高泽洋看着小雨，已经在自己怀里安睡，像个憨憨的孩子。他心里轻轻叹息："为情所困的傻女孩。"

小雨就这样持续着昏睡到凌晨，泽洋也细心照顾着小雨到凌晨。此时车里的人多半已睡着，空气比进车厢的时候还要温暖。小雨的烧退了一些，至少现在的她是清醒的。她醒来感受到的是泽洋胸口传递过来潮湿的温度，然后才看到身上的西装和毛毯。

小雨微微抬头，看到泽洋正望着她。眼神如水，温暖得像阳光。小雨很想挣开他的怀抱，但是，连续的高烧让小雨浑身乏力。

"谢谢！"小雨的身体很虚弱，所以说这两个字的时候更像是呢喃。

"你打算怎么谢我？"高泽洋打趣地问道。

小雨张了张口，又好像犹豫着说不出话，最后无奈的突出四个字："我不知道。"听到这四个字，泽洋爽朗地笑了。

小雨脱离泽洋的怀抱，摆正自己的身体，转头看向窗外。窗外还是大片大片的田野，有微弱的黄色灯光。昏暗的，孤独的，伫立在田野上。在黄色的灯光里，可以看到，天空正下着绵绵细雨。这一切就像她刚到 N 市的那一天，她透过窗户上的白雾看到外面并不清晰的世界一样。

清冷的灯光，冬日的小雨，窗户上的白色雾气。这一切都让小雨觉得冷。

"瑾瑜，他是你男朋友吧？"泽洋小心地问小雨。小雨的头依然对着窗外，但是昏暗的光线里，泽洋看到了小雨在微微点头，脸颊上，有泪珠泛着光，晶莹且让人心疼。泽洋顿时觉得自己问错了问题，一听到这个名字就会难过的小雨，让泽洋有些不知所措。

泽洋从口袋里摸出一次性纸巾，抽出一张，递给小雨。小雨没有回头，只是接过了泽洋递来的纸巾，在脸上擦拭着。

"对不起！"泽洋有些尴尬。

"我在车站里坐了一天一夜，我等了他一天一夜，但是我没有等到他。"小雨还是没有回头，看着窗外，缓缓地对泽洋说起了瑾瑜，就好像说着八点档的电视肥皂剧，于己无关。显然，现在的小雨很平静。

"他去哪儿了？"

"他离开我了。"小雨顿了顿，又说道："我只知道他在那个城市，我去找他，给他打电话他不接。我就发短信告诉他。我会在车站等他，等到我手机没电。我告诉过他我只带了一块电池。但是他没有给我打电话也没出现。"。

泽洋认真地充当着好听众的角色。他比她年长许多，对于这些分分和和、爱爱恨恨之间的事自然比小雨看得透彻。只是他觉得，小雨太过天真太过些傻，也太过执著和任性。

"如果说，只会用逃避来解决问题，那么，这个男生绝对不值得你为他如此。"泽洋试图安慰小雨，减轻她内心的痛苦和伤痕。小雨只是微笑着听着，没有点头也没有摇头。这让泽洋觉得自己在做无趣的演讲，底下没有观众，自己再如何慷慨激昂，也是徒劳。

道理谁都会说，包括小雨自己都了解自己这样做不值得。可是，谁又能轻易做到拿得起放得下。所以泽洋选择了闭嘴。

火车还在狂奔,在这空旷的原野上。天空还在淅淅沥沥地下着雨。

6

"照顾了我一晚上，你睡会儿吧！"小雨将西装从身上脱下来，递给泽洋，并且示意自己有毛毯。泽洋这才接过了外套。

小雨拍拍自己的肩膀："你让我靠了一晚上，现在换我给你靠。"小雨笑着说。泽洋看着这个倔强的丫头，露出阳光一样的笑容，他果真毫不客气地靠在了小雨瘦弱的肩膀上。高泽洋是真的累了，所

以不一会，就睡着了。小雨看着肩头沉睡的高泽洋，闻着他身上淡淡的青草味。小雨对香水并不了解，只是觉得高泽洋身上的味道很特别，很清新。至少，是她喜欢的味道。觉得很舒心。

小雨从没想过，自己可以在这趟旅途里幸运地遇到会照顾自己的泽洋，不然她觉得自己会死在这趟旅途里。在车站里等待，穿着单薄的她就已经感冒发烧，再加上绝望的心早已死了。哀莫大于心死，小雨觉得自己的心情也不过于此了。

她看着窗外，一直到天亮都没再睡着。窗外的荒凉寂寥，便是她内心的真实写照。她喜欢在雨天胡思乱想。她的思绪一直在飞转。

该给这趟奋不顾身的旅程取个名字吗？应该叫作飞蛾扑火，还是该叫作绝望旅程？小雨自嘲般地笑了笑。记得她去找瑾瑜的时候，N市下着很大很大的雨。她没有带伞，横冲直撞地就进了火车站买票，上车。现在在回N市的路上，老天还是配合地下了一路的雨。好像这一场雨根本就没有停过，硬是给她徒增伤感。

高泽洋这一觉一直睡到了清晨火车靠站。小雨看着窗外的雨也看了一夜。

"泽洋，到站了。"小雨轻轻地呼唤在自己肩头沉睡的泽洋。泽洋醒来，睡眼惺忪。小雨将毛毯还给那个好心的奶奶并道谢，奶奶对她和善地笑着。

两个人有些狼狈地下了车。由于两个人都没带伞，一起被困在了火车站里等待雨停。小雨一下车就感觉到了车厢里面和外面的温度落差，那寒冷让小雨极不适应，不停地发抖。泽洋连忙脱下自己的外套，给小雨披上。

几次推脱过后，小雨还是接受了泽洋给予的温暖。两个人并排站在火车站门口，看着天上掉下来的雨线，落在地上好似钢琴的黑白键起伏。

小雨开始觉得自己的力气在一点点地流失，眩晕感一直未消失。

过了一会，雨停了。城市潮湿的空气里，弥漫着一种独特的清新。"雨停了，我得回家了。"小雨对泽洋说着，边脱下外套还给泽洋。

"我送你吧！"泽洋忙说。

"不用了，我一个人可以回去。拜拜，泽洋。"小雨对泽洋挥了挥，然后大步走出了火车站。

泽洋看着小雨的背影，总觉得单薄而摇摇欲坠。突然间，只见那个单薄的身影缓缓倒下，轻柔地落在水洼里。

泽洋忙上前抱起小雨。他呼唤着小雨，可小雨却没有要睁开眼睛的意思。高泽洋连忙拦了一辆计程车，直奔医院。

"初步诊断是受了凉，加上本身营养不足和体质太弱引起了高烧。具体的情况还要等检查之后才能知道，现在得先给她退烧。"医生不缓不急地说。泽洋点点头，他有些着急，待会还有一个对他来说非常重要的会议。

算了，还是等检查报告出来再走吧。高泽洋靠着椅子，用手揉了揉太阳穴。

细细的针管正在将药水往小雨的静脉里送，泽洋坐在床边等待医生的报告。电话突然响了起来。高泽洋连忙跑到病房外去接。

7

"高总监，你怎么还没到？大家都在等你开会呢！你在哪，我马上开车来接你。"电话那头是他的助理安翔。他深知这次会议对高泽洋来说意义重大，看到现在高泽洋还没来，忙打电话过去催。

泽洋看了看病床上的小雨，犹豫了一下，眉头微微蹙起："不用，我马上就过来。"

挂上电话，高泽洋连忙拿起椅子上的外套准备离开。可是看着昏迷不醒的小雨，又觉得有些不妥。连忙找来一个护士："护士小姐，麻烦你好好照看她，我需要离开一下。她醒来之后，你们帮忙联系下她的家人。"交代完，高泽洋便匆匆忙忙准备离开。

"先生你等一下。"

高泽洋转过身，只见是一名女大夫，手中拿着一叠的单子。

"有什么事吗？"高泽洋皱着眉头不解地问。

医生看他是要走的样子，脸上的表情立即变得不那么和善："我说年轻人你怎么回事？你女朋友怀孕一个月了你不知道吗？现在是怎样？撂下她就想走了？"女大夫的语气并不和善，骨子里透着看不起这些不负责任的男人。她是妇科大夫，也许是这样的男人见多了。

"怀孕"这两个字让高泽洋有些震惊。回过神后忙解释。

"不是……我不是……"高泽洋正想解释自己和小雨没有关系，医生又愤慨地打断高泽洋的话："什么不是不是的？你想逃避责任呀？还是你想让她死在这医院里？我告诉你，你今天就不能走，孩子必须拿掉。孩子死在她肚子里一个月了，都腐烂了。你们是怎么回事呀？一点感觉都没有？你怎么做人家男朋友的？"

医生像个老师一直说教着，然而嘴里的字眼就像威力十足的炸弹，将高泽洋的脑子轰炸得一片空白。医生的话让高泽洋傻在了医院门口。

医生看着他，一脸鄙夷地拉着高泽洋往医院里拽，下手一点都没客气，嘴里还在喋喋不休地怒骂着："像你这种没良心的负心人，我见多了。今天你哪儿也别想去，你女朋友的高烧就是因为这个引起的。准备一下，今天得给她退烧，明天就给她做切宫手术。"

"切宫？"泽洋睁大眼睛看着医生，一连串让泽洋吃惊的字眼一个接一个地打击着他。

"我都跟你说啦，孩子死在肚子里一个月，已经腐烂了，蔓延到子宫。如果不切宫，你要她死呀？"

医生拉拉扯扯骂骂咧咧的样子让高泽洋想遁地而逃，更何况是在这种公共场合："医生，我不是她男朋友，我只是跟她一趟火车回来的，看她晕倒了，我就送她来医院了。"

"不想负责的男人都这么说，你觉得她切宫以后就不能怀孕了所以就想跟她撇清关系是不是？等她醒了让她看看她找了个什么样的人？我告诉你，你不留下照顾她，你就看着她死吧。"别看是女医生，力气还挺大。医生一把把高泽洋丢在了走廊椅子上，将手中的文件扔在了他手里，然后一脸愤慨地离开。

泽洋看到那是一张 B 超单和一堆看不懂的潦草文字。X 光片泽洋也看不懂，唯一看懂的是图片下面的文字"死胚"。

泽洋皱着眉头看着这些报告。他知道，切除了子宫，就如同将这个花一样的女孩给折了。然而此时，手机再一次像轰炸机一般吵闹着。泽洋再次想起了会议。董事长会在会议上宣布泽洋升职为总经理。如果他不去，表示着对董事长的不尊敬，更别提升职的事。

从入职到现在，泽洋一直努力工作，业绩也完成得很出色。董事长很赏识他的能力，说好等他出完这趟差回来就让他任职总经理。他也承诺过雅琳，等他坐上总经理，就向她求婚。

可是，看到奄奄一息的小雨，他似乎又陷入了困境。走，还是不走？难道真要为这个认识不到二十四小时的陌生人葬送了自己的事业吗？想到这，泽洋从凳子上站起来，正要往医院门口走，又犹豫了起来。如果小雨醒来，没人照顾，或者，出了什么差池，自己也永远不能心安。想着，他又坐回了椅子上。

泽洋接起电话，助理安翔的声音就想喷射机一样："总监你到哪儿了，所有人都在等你了，董事长好像有点生气了。"

"安翔，你帮我跟董事长说一声，这个会议我来不了了，等我回去的时候，我自己再向他解释。"

"不是吧总监，这么好的机会……"

"好了安翔，就照我说的去做。"泽洋的声音很坚定。

医院里的空气永远都是一股消毒液的味道，那素白的一切，让人觉得冷清且淡漠。高泽洋听着墙上的闹钟发出的微弱的响声，等待着时间一分一秒地过去，等待着小雨从昏迷中醒来。

8

　　泽洋坐回到床边，小雨还在安详地睡着。他观察着小雨的脸。苍白的，倔强的，那是一张充满青春活力的面容，安睡的时候脸上看不到悲伤，像个孩子。想到明天的手术，泽洋心底泛起了心疼的酸楚。这样一个美好的女孩，真的就要枯败了吗？

　　高泽洋趴在小雨的床边休息，一夜的火车让他觉得疲惫，不一会，就睡着了。

　　"瑾瑜……瑾……瑜。"昏迷中是小雨还在含糊地喊着那个名字。高泽洋猛地醒来。"瑾瑜？"两个字给了泽洋当头一棒。小雨怀了瑾瑜的孩子，而且，明天就要做手术，这样的事情，是否应该让瑾瑜知道一声呢？如果瑾瑜真的是个男人，他一定会负责和担当。可是转念一想，瑾瑜竟然能一直逃避小雨，又怎会有这样的责任心。

　　"不管怎样，总要试试，毕竟小雨承受的一切，都与他有关，至少要让他知道。"想着，高泽洋拿过小雨的手机。屏幕一直黑暗着，高泽洋这才想起，小雨的手机早就没电了。他忙拿着手机，到医院的总台充电。

　　虽然机会很渺茫，但是泽洋不想不做争取就放弃。

　　充了十分钟的电，泽洋便迫不及待地打开手机。他在通讯录里翻找，发现，小雨的联系人并不多。终于找到了瑾瑜的名字，高泽洋按下拨号键。

　　彩铃是王力宏的《你不知道的事》。音乐响到一半，戛然而止。

瑾瑜居然挂了电话。

泽洋的内心升起一股无名火，不死心地再打，回应却仍然是挂断。

"可恶"泽洋咒骂一声。灵机一动，决定用自己的手机去打他的电话。电话很快通了，果然不出意外，瑾瑜只是在逃避小雨而已，所以这个电话他接了。

"喂，哪位？"瑾瑜的声音透过声波传递过来。泽洋第一次觉得抓住了瑾瑜这个神秘的男人的影子。他的声音是这样子的，很好听。

"我是小雨的朋友，她住院了。医生说她怀孕了。"泽洋的心跳有些快，他很怕自己提到小雨，那边那个叫瑾瑜的男孩就会挂上电话，从此不再开机。

"哦……"出乎意料的是，瑾瑜没有这样做，好似吃了一惊一样，愣愣的哦了一声。

"她明天手术，孩子是死胎，腐烂蔓延到子宫，要把整个子宫都切除，意味着她以后再也不能怀孕。"泽洋试图让瑾瑜内疚或者惭愧，继续说道："他在火车站等你了，你没有来。"

"我以为，我不接她电话她自己会走的。"瑾瑜在那边的声音有些颤抖。

"你明天能过来吗？她很想见你。如果在手术前赶不到，那就在手术后。那对她也许是一种安慰。"泽洋压抑着内心对这个男孩的愤怒，平静地说。

"好……"瑾瑜居然答应了。

"那好，就这样，明天到了，打小雨的电话。"高泽洋挂上电话，心里似乎松了一口气，这样的结局，似乎是可喜的结果。如果瑾瑜能够过来照顾小雨，那么，自己也算是能安心回去工作了。

转过头，只见小雨正平静地看着自己，眼睛里有闪烁的泪光："你刚刚说的，都是真的吗？"小雨的声音有些颤抖，眼泪在眼眶里摇摇欲坠。泽洋愣了愣，看着她，点点头。

"不，不可能的，不可能的。"小雨拼命地摇头，眼泪滴落在雪白的床单上，泛出淡淡的水印。"医生，医生……"小雨突然像发了疯一样的嘶吼："我要见医生，这一定不是真的，一定不是。"小雨从床上挣扎地起来，手上的针管已经被她扯出，手背上流出了殷红的血。

"你别这样，你要见医生我帮你找，你冷静一点。"泽洋见小雨疯狂的样子，连忙上前抱住她。

此时，闻声而来的医生和护士推门而进，见到的景象有些狼藉。小雨穿着病号服跌坐在冰凉的地板上，一度的情绪失控，满面的泪痕。而高泽洋则狠狠地抱着小雨，安定小雨的情绪。

见到站在门口穿着白大褂的医生，小雨更加失控了："医生，你告诉我，这一切都不是真的对不对，我没有怀孕，我也不用切掉我的子宫。对不对？"小雨哭喊着抱住女大夫的腿。

女医生见状，泪水也模糊了视线，连忙抱住小雨抚摸着她的背："孩子，一切都会好的。都会好的。"

小雨突然狠狠地挣脱出女医生的怀抱，"扑通"一声跪倒在医生面前拼了命地磕头，哭着喊着："医生，我给你磕头，我给你磕

头。你告诉我，这都是假的。我求求你，我求求你。"小雨的头撞击着地板的声音惊心动魄，额头上的红印触目惊心。

9

"小雨，别这样！"高泽洋狠狠地抱着她，不再让她伤害自己。

所有人都上前试图扶起小雨。

"医生，告诉我这不是真的好不好。我求求你，你们是骗我的，一定是骗我的。"小雨的嘶吼，惹得大家都红了双眼，还有那闻声而来的其他病房的病友。看到此情此景，窃窃私语起来。

大家七手八脚地将小雨重新弄回了床上，并且绑好了手上被扯出的针管。小雨的手背上，布满了风干的血迹，像枯萎的红玫瑰，失去了生气与美丽。

"小雨，你冷静点。"泽洋按住小雨的肩膀大声地对小雨吼着。一颗泪从泽洋的眼中掉落下来，滴在了小雨冰凉的脸上。

小雨突然冷静了下来，不哭，也不闹，像个死者，眼神空洞地看着前方。暴风雨后的狼藉与平静，一切的一切，都在透着死亡的气息。所有的医护人员见状，纷纷退出房间。

"瑾瑜说，他明天来看你。"泽洋对小雨说。

小雨突然转过了头来。刚刚还被泪水洗刷的脸上竟然露出惊喜的表情，眼神里也有了应有的光芒。看到小雨的反应，泽洋实在想不通，瑾瑜到底在她心里占了多少的分量，居然可以让她忘记那么巨大的伤痛和恐惧。

　　泽泽的手机再次响起。是雅琳。高泽洋这才想起自己的女朋友雅琳还在家里等着自己。高泽洋害怕小雨又失控，也不敢走出病房外，直接当着小雨的面接起了电话。

　　"亲爱的，你开完会了吗？知道你要开会，所以一直都不敢打扰你呢。"雅琳的声音是甜的，是致命诱惑的甜。高泽洋转头看看床上的小雨："我……我得加班，今天睡公司了。你早点休息。"泽泽有些支支吾吾的回答。

　　显然那边的音调落了下去，透着深深的失望："哦……今天不回来呀！好吧，亲爱的，也注意一点，不要太累了。"虽然失望，却不忘关切。

　　"他说谎了！"就在这时，病床上的小雨突然提高分贝冲着电话那头的雅琳喊。高泽洋如同被闪电击中一般僵硬在原地。他转头愤怒地盯着小雨看，眼神里似乎能喷出火来。然而，小雨居然放肆地坏笑着。

　　"谁啊？"雅琳的声音里夹杂着怒气。高泽洋害怕小雨又捣乱，忙捂着话筒走出了病房门口："同事，跟你开玩笑呢！"高泽洋尽量让自己的声音显得自然："好了，亲爱的，我还要忙呢，先不说了。"

　　"好吧！"雅琳暗淡地说。

　　高泽洋挂上电话走进了病房："我好心照顾你，你竟然要陷害我，你安的什么心呀？"高泽洋气愤地说。小雨淡淡地笑着："我本来就不是什么好人呀，你照顾我，我也不会感激你的，你走吧！"说着，小雨倔强地将头转向窗外，不再看他。

"你！"高泽洋被气得语塞："算我好心做了驴肝肺！"然后抓着外套往外走，走到门口又顿住，想了想，又走回了床边。

"你们男人说谎的方式真不同。"小雨叹息着说。小雨依然没有转过头来，背对着高泽洋，喃喃地，像自言自语。高泽洋显然从小雨的口吻里听到了哭泣的哽咽。

"就像瑾瑜，他说谎的时候，脸不红心不跳，振振有词，让人不得不信。但是你说谎，如果是我，很轻易地就可以看穿。"小雨还在喃喃地说着。

高泽洋终究没有选择离开。他知道，小雨也只是在故作坚强而已，说那些话，也只是为了不内疚而已。显然，小雨的伪装，很失败。反正最重要的事情已经耽误了，他又怎么可以不顾她。但是小雨确实猜对了，这是高泽洋第一次对雅琳说谎。

"为什么不走？"小雨淡淡地说。

她是那么的害怕孤独，却又那么的倔强。倔强地将身边的人往外推，然后独自一个人舔舐伤口。她希望高泽洋走，却又害怕他真的走了。她是矛盾体，她的内心总是在搏斗着。自尊和需要，总是在冲突着。

10

"你上学吗？"泽洋躺在小雨病床旁边空着的床位上问道。

"我十六岁就没上学了。"小雨盯着天花板，平静地说着。

"为什么？"泽洋好奇地转过身来看小雨，小雨依然盯着天花板，吊瓶里的液体还在缓慢得进入小雨的静脉。

"那个男人想强暴我，我就跑了出来，再也没回去。"

"那个男人？"泽洋好奇地问。

"我的后爸，我的亲生父亲不要我和妈妈了，我妈妈就带着我嫁给了那个男人。但是那个男人对我不好，对我妈妈也不好，只对弟弟好。那个家我本就想离开，一分钟都呆不下去，直到他试图强暴我，我才下了决心跑了出来，并且再也不回去了。"

"你现在几岁？"

"18。"

泽洋很好奇一个小女孩从家里出来，离开学校。这两年是怎么生存的。可是，想问却又哽在喉里问不出口。或许好奇心不能太重，这是泽洋这些年里学到的。

"你呢？我猜你22岁。"小雨把视线转过来。

"呵呵……我25。"泽洋回答。小雨的脸上浮起淡淡的笑意，但是犹如烟花，转瞬即逝。这让泽洋想到了亦舒的《她比烟花寂寞》。寂寞究竟是什么呢？寂寞是像小雨一样，让自己的世界里只剩下一个最重要的瑾瑜，哭哭笑笑皆为他。然而，当瑾瑜抽离后，空了的世界就是寂寞吗？

"瑾瑜明天真的会来吗？"小雨又问。

或许在这样的空间里，不找话题继续，那么就只能剩下死一般的沉寂了。这样的沉寂会让大家都尴尬，会让人觉得自己离死亡更近了。也许现在的小雨并不是害怕死亡，只是害怕比死亡还要恐怖的寂寞。

借我一寸微光

"会的，他答应了。"高泽洋坚定地说。

小雨的脸上浮起笑意，安心地闭上眼睛睡去。泽洋看着小雨，只觉得忧伤和惆怅弥漫了自己整个的世界。一切的一切，都浸泡在湿润冰凉的悲伤里。

泽洋告诉自己，等到瑾瑜来了，他就走。他还欠董事长一个解释，还有雅琳。不能再耽搁了。想着，翻个身，闭上了眼睛。总算可以安心睡个觉了。

深夜，寂静。病房里好静，静得让小雨可以听到高泽洋均匀的呼吸，静得连流泪的声音都显得惊心动魄。孩子，瑾瑜，安琪，自己。原来，自己的身体里，留着一具已死的爱情的尸体。其实走不出去，放不开的那个人一直是自己。原来爱情早就死了，只是自己并没有察觉。可当一切像海浪一样扑面而来让自己无处可逃的时候，才知道自己无法面对。

小雨知道，瑾瑜和安琪走了。那天小雨送瑾瑜上车，在火车站却意外地看到了安琪。安琪对着小雨诡异地笑着，上了瑾瑜所在的那辆列车车厢，小雨还清晰地记得车厢号是3。

瑾瑜也许是和安琪约好了一起离开的，只是两个人分前后上了车。如果真是这样，瑾瑜是不会回来的。可她还是抱着期待等待瑾瑜回来，结果如小雨所料。瑾瑜真的没有再回来了，包括安琪也没再出现。

这是一场预谋好的抛弃。

一年时间，从瑾瑜追求小雨，小雨接受瑾瑜，两个人同居，接着出现安琪，再到多次发现安琪和瑾瑜两个人秘密交往，再到他们悄无声息地离开。整整一年时间里，居然发生了这么多事。

小雨从没有想过，自己有一天会经受爱情友情的双重背叛。瑾瑜曾经的山盟海誓甜言蜜语还历历在目，如今却早已是另一番模样。

小雨十六岁逃出家门后，在朋友的帮助下进入了酒店工作。因为小雨在家的时候每天都在做家务，所以干起来自然顺手，很快便得到了大家的认可，人缘也极其不错。瑾瑜是那家酒店的领班，见到可爱开朗的小雨便开始疯狂地追求。

有一天，经理将安琪带到小雨面前："这个是新人，先跟着你，多教教她。"小雨连忙点头答应。那时候的安琪也是个可爱的小女孩，一直姐姐姐姐地叫着小雨。为了多给安琪锻炼的机会，小雨便尽量让安琪亲自动手。

可是安琪的大意给她酿成大祸。安琪在给客人倒酒的时候，将红酒撒在了客人名贵的西装上，客人大怒把安琪吓得发抖。安琪努力想挽回局面，试图拿纸巾给客人擦拭，却又不小心将客人餐桌前的汤碗打翻。汤渍再一次撒到了客人身上。

客人震怒，非要经理来处理。小雨试图自己出干洗费压下这件事，谁知难缠的客人不依不饶。

就这样，安琪被经理开除。那时候安琪刚上班第二天，小雨为安琪求情，经理只是愤怒地甩下一句话便没有了商量的余地："倒酒都不会我要她干吗！"

小雨不知道安琪和瑾瑜是什么时候开始的，但是从那以后，小雨便开始听到了风声，说是安琪和瑾瑜来往密切。可是，小雨一直觉得瑾瑜不可能会背叛她，只觉得是那些人嘴多瞎说。

那段时间，瑾瑜对小雨很好，好到让小雨没有理由怀疑他。小雨也不愿意去怀疑，一点都不愿意。

或许只是太害怕失去这来之不易的幸福。

眼泪静静地滑落，湿了枕头。小雨伸手抚摸自己的肚子。就是这扁平的肚子里，藏着一具已经腐烂的尸体，或许，还发着恶臭。小雨开始想象，爱情从美好地形成、发展，再到死亡、腐烂，这样的过程究竟是否和肚子里的这个孩子从形成到腐烂一样。小雨决定给它取个名字，直觉告诉她，这是个女孩。就叫她"小栀子"吧。

小雨似乎对这个名字感到满意。她转头看高泽洋，黑暗里，看不清他的轮廓。她不知道他为什么要留下来，她不觉得有什么理由他需要这样做。或者换种解释，他是个随时随地同情心泛滥的好人？

11

这是一个晴朗的日子，是这个阴郁的城市鲜有的晴朗。阳光的力度不是很强，懒散的温暖。手术在这样一个晴朗天进行，是否是个好的预兆？

泽洋亲自将小雨推进手术室大门。小雨没有失控，只是眼角的泪一直在滑落。"等你出来后，瑾瑜就到了。"泽洋轻柔地抚摸小雨的头发，对小雨说。小雨点点头，静得像秋冬的落叶。

手术室的灯亮起。眼前苍白的一切，像天堂。麻药缓缓输入小雨的身体，小雨缓缓地闭上眼睛，光线的最后，是瑾瑜的身影。

泽洋坐在手术室外的椅子上焦急地等待。等待的过程是煎熬人心的，甚至一分钟都如一个世纪那样漫长。泽洋拿出手机给瑾瑜打电话，于是耳边又响起了王力宏好听的声音。突然，歌声戛然而止，客服小姐好听却又让人绝望的声音在耳边响起"对不起，你所拨打的电话暂时无法接通！请稍后再拨。"

这突然停止的音乐预示着什么？泽洋的心犹如承受了晴天霹雳。他立即再回拨。电话那头传来标志的女声："对不起，你所拨打的电话已关机。"

泽洋突然明白了昨天小雨说的话。说谎可以脸不红心不跳振振有词的人，还有什么诚信可言。昨天只是敷衍，瑾瑜根本不会出现，就算听到了小雨的情况，他依然可以做到冷漠无情，不闻不问。一股怒火直冲而上，高泽洋真恨不得狠狠揍那个叫瑾瑜的两拳。

为这样的男人，毁了自己的一生。高泽洋气愤，恼怒，心疼，他想不通，这样的男人到底有什么吸引力，让小雨为他不顾一切。至少，高泽洋打心底里看不起这样的男人。

怎么办？怎么办？待会小雨出来，知道瑾瑜没有来，会不会像昨天一样失控？

手术还在进行，手术室上的灯还刺眼地亮着。泽洋沮丧地坐在椅子上。连续几天，为这个女孩他不停地奔波，可是他还是欠小雨一个承诺。瑾瑜不会来了。高泽洋发誓，如果有机会碰到那个叫瑾瑜的男人，他一定要替小雨揍他两拳。

小雨安全地从手术室里被推出来，戴着蓝色的卫生帽，脸上苍白得没有一丝红润。一个小时不到的时间，泽洋却备受煎熬。

"手术很成功，但是还得留院观察一周，如果没有什么大碍，

就可以出院回家调养了。"病房门口，医生小声得对泽洋说。泽洋点点头。

"小伙子，昨天错怪你了。你真是个好人，世界上你这样的男人不多了。"医生拍拍泽洋的肩膀，半开玩笑地说道。泽洋只是呵呵地笑着，心里却担忧着瑾瑜的食言若是被小雨知道，小雨会不会崩溃。昨天，就是因为提到瑾瑜会来看她，才平复了小雨的心情，现在该如何向她交代。

麻醉药的作用渐渐退去。小雨清醒过来。好似做了一个梦，那是一个纯白的梦。梦里有一架天梯，直捅天宫。小雨站在天梯脚下，不停地往上爬。梯子白得像钢琴的白键，一级一级往上，却没有尽头。有一种错觉，那是通往天堂的路。可就在小雨觉得自己快看到天堂的轮廓的时候，脚下的梯子突然消失，她开始下坠，不断地、急速地下坠。

"瑾瑜来了吗？"小雨睁开眼说的第一句话便是问起了瑾瑜，声音很虚弱，却满是期待。从小雨闪烁的目光中，泽洋看到了小雨内心的期待。这让他更不知所措。他怕了失控的小雨，那样惹人心疼，那样地倔强执著。

"他……他应该还在火车上，我给他打电话去。"泽洋硬是让自己挤出自然的笑容，对小雨说着，然后拿出手机，装出要给瑾瑜打电话的样子。

小雨看着高泽洋的样子，眼中闪烁的光亮暗淡了下去："我说过，你不适合撒谎。我知道，他不会来了。"

泽洋愣了愣，沉默了下去。

12

"我没事了，你走吧。"小雨转过头看着窗外。明明刚刚还晴朗的天，此时也如同小雨的心情一样阴郁了起来。太阳躲进了厚厚的云层里，不见踪影，似乎还细细绵绵地飘起了小雨。这个城市好像一个大大的喷泉池，水落到了地上，又重新被卷到云朵里，再落下来，乐此不疲，没有休止。太阳的温暖和光亮成了奢侈，就好似现在小雨的心情，阳光被乌云蒙蔽，阴郁不散。

"我真得走了，我回去办妥一些事马上回来看你。你好好休息。"说着，又好像不放心："或者我帮你打电话给你的朋友或者家人，让她们来陪你？"说着，泽洋拿出小雨的手机。小雨手术的时候，手机一直在充电，就怕漏了瑾瑜的一个电话，可是，终究还是没等到。

"不用了，我自己打吧，这几天麻烦你了。"小雨慌忙拿过手机。

高泽洋愣了愣："好吧，那我改天来看你。"泽洋承诺着。小雨点点头。泽洋转过身往病房外走，突然又停住脚步，好像想到了什么，转过身返回到小雨的床前，从自己的口袋里掏出一条项链。

项链的坠子是一颗小小的星星："听说，这个会给人带来幸运，送给你。"泽洋只是希望这份礼物会是她心中的一份信仰，并且第一次迷信地祈祷这条项链真的可以给这个不幸的女孩带去幸运。

那本是泽洋出差时随意逛一家小小的饰品店的时候看中的。标签上写着这条项链的名字就叫（幸运）。价格不算很贵，所以泽洋

想着买下来送给雅琳。但是现在看来，小雨更需要幸运来眷顾，所以他毫不犹豫地将项链送给她。

"我不能要，你拿走吧。"小雨的语气很坚决。

"我送你了就是你的了，你不喜欢可以丢掉。"说着，泽洋将项链连同盒子放到了小雨的床边，转身走出门。

小雨看着小小的星星，心里只觉得一股莫名的暖意。"高泽洋，我们只是萍水相逢，你为什么对我这么好？"如果按着小雨以前的脾气，听泽洋那么说，她一定会毫不犹豫地拿起项链丢进垃圾桶。可是现在的她却没有，反而拿起了项链仔细地看。

坠子上很明显是一颗水晶的星星，做得很精致。星星不会太大也不会太小，没有累赘感。小雨小心地将项链装进盒子，小心收好。

泽洋走后的病房冷清不少，小雨真真切切地感觉到孤独两个字深入她的骨髓，像是自己一个人掉进了深井，孤立无援。病房里的寂静让小雨深陷回忆的漩涡里，像是被卷进龙卷风，找不到风口就出不来。除了窗外的雨声，以及房内仪器的滴答声，再也听不到任何声音。

就在这时，为小雨做手术的医生进来了。

"小雨，有感觉哪儿不舒服吗？"女医生亲切地柔声问道。

小雨转过头。她的心里是欣喜的，就好像在深井里奄奄一息的时候，听到了井口有人在喊："底下有人吗？"

小雨对医生摇摇头。

13

这个慈祥的女人让小雨想到了"妈妈"。那个寄人篱下，受尽冷眼也要保护自己的女人，那个出卖自己也要抚养自己的女人，同时也是在生下弟弟之后，把自己唯一还能感觉到的母爱给剥夺的女人。

对于妈妈，自己究竟是爱还是恨，有时候连自己都分不清楚。只是，"妈妈"这个词已经让小雨觉得陌生。两年前从那个只有暴力，只有毒打，只有辱骂，没有一丝温暖的家逃离出来之后，就再也没有和妈妈有过任何联系。有时候，小雨都会觉得，自己忘记了原来还有个妈妈的存在。

"孩子，人生总会有些起起伏伏，经历了的这些也许会是种财富，往好处想，别把一切想得太糟糕。"医生手上拿着例行查房的单子，站在小雨的床边语重心长地说。

小雨知道，也许是自己昨天的失态吓坏了这个女人，所以她是怕自己会想不开来安慰自己的。小雨认真地听着，微微点头。

医生陪着小雨说了一些话便走了，其实都是医生在说，小雨在听。医生走后，小雨觉得自己又变得孤独。"小栀子"已经离开了自己的身体，这是自己和瑾瑜的小栀子。虽然从"小栀子"来临到离开，小雨并没有感觉到过她的存在，但是小雨依然怅惘。"小栀子"还是个未成形的小孩，也许她只是一团血。还没有手脚也没有头。

小雨觉得，一定是"小栀子"在诅咒自己，自己是个不合格的妈妈，所以，连同自己做妈妈的机会，"小栀子"也要一同剥去。

小雨拿出手机，一页一页翻找通讯录。

"瑾瑜"。这两个字变得十分刺眼。对着手机屏幕看了良久，小雨还是不死心地按下拨号键。

"对不起，你所拨打的电话已关机。"电话那头，客服的声音变得有些刺耳，像匕首，每一个字都深深地扎在她的心上。

小雨挂断，将头埋到被子里呜咽了起来。

"瑾瑜，为什么要这么对我？为什么？"小雨在心里嘶吼着。哭了一阵后，小雨终于累了，昏昏欲睡的小雨在心里发誓："瑾瑜，你不值得我爱。"

因为疲惫，小雨带着眼泪睡着了。然而夜半，小雨又从梦中醒来，窗外的雨已经停了，房间里漆黑一片，让小雨不安到了极点。

好想瑾瑜，好想好想。不，不可以再想他，不可以再依赖他。安承夜，对，承夜哥哥。那个在自己被欺负的时候挡在自己身前保护着自己的男孩，那个在自己挨了继父的打安慰自己的男孩，那个每天骑着单车载着自己上学放学的男孩。

是的，只有承夜哥哥，只有承夜哥哥能帮到自己，能给自己依靠。

小雨拿起手机，找到安承夜的电话，拨了过去。心情忐忑着。四年了，四年没见面了。不行……小雨慌忙地挂断。还好没拨通，小雨在心里暗暗庆幸着。

"绝对不可以让他看到我现在的样子。"小雨紧紧握着手机。安承夜是那样一个美好的少年，怎么可以让他看到现在这般狼狈的自己。小雨放弃了求助安承夜的念头。可是，想到安承夜这个名字，内心还是流过一丝暖意。

悲伤和快乐的童年，唯一和自己分享了的人，就是安承夜。跟着妈妈来到这个雨城认识的第一个也是唯一一个朋友，也是安承夜。第一个懵懂着喜欢的人，依然是安承夜。安承夜的提琴声，安承夜送的围巾，安承夜的单车后座……回忆一下子席卷而来，就在这寂静的深夜，在小雨毫无准备的时候。

小雨记得，第一次见到安承夜的时候，自己正被男人追着打。拼死逃命的时候，突然听到一阵悠扬的提琴声，便停止了奔跑。

循声望去。只见巷子口的洋房里，二楼的窗口上笔挺地站着一个男孩子，穿着白色的衬衫，娴熟地拉着提琴，像从童话里走出的王子。小雨站在楼下痴痴地望着，完全忘记了自己还在"逃命。"

这使她被继父像拎小鸡一般地抓住了，狠狠地打了一顿。继父对于小小的小雨下手毫不留情。条子在小雨身上一起一落，雪白的腿上就多出了一条鲜红的印子。小雨哭喊着，求饶着，声音引起了男孩的注意。

那个场景对安承夜来说是惊心动魄的。也许是被爸妈保护得太好，甚至在电视上他都没看过这样的场面。他停下提琴，打开窗户往下望，只见小雨已经被连拉带拽地拖进了巷子。最让他印象深刻的，便是那双望着自己求助的大眼睛，闪耀着泪光，像夜晚的星星一样明亮。

"他为什么要那样打你？"第二天，安承夜故意在巷子口等她，还假装是巧合，有一句没一句地找话题跟小雨搭讪。安承夜依然穿着雪白的衬衫，依然干净且秀气，从头到脚都透出一股王子的气息，不像自己，穿着别人家小孩不要了的破衣服。

"他有病，一天不打人他浑身不舒服。"小雨愤愤地说。不过很快又忘记了伤痛和气愤："你提琴拉得真好，以后一定是位小提琴家。"小雨明媚地笑着，像太阳一样的笑容让人温暖。

也许正是因为小雨这句话，才让安承夜坚定了拉提琴的信念。之前，妈妈安排他什么，他就照做，不知道自己为什么要拉提琴，也终究不明白自己是不是真的喜欢提琴。

从这一天起，安承夜和小雨成了好朋友。一起上学，一起回家。安承夜总是保护着小雨，不让她受欺负。安承夜对小雨的保护，一直延续到小雨上初一。安承夜便在父母的安排下，进了城里的学校，从此只能和留在小镇里的小雨书信联系。

就连离家出走的事，小雨也没有告诉他。现在的安承夜或许认为，小雨还在学校上学，并且马上就要毕业了。以小雨的成绩，他坚信，小雨可以考到自己的学校来，还期待着有一天能跟小雨重逢。

<h2 style="text-align:center">14</h2>

"亲爱的，你总算回来了，累坏了吧？"雅琳看到刚进客厅的泽洋，忙从沙发上起来，纤长的手臂挂在泽洋的脖子上，一脸温柔可人的样子。

连续几天的折腾，高泽洋早已疲惫不堪："我得先洗个澡。"说着，高泽洋将雅琳的手从脖子上拿下来，头也不回地上了楼。连续三天没睡好，也没洗澡。这是泽洋从来没有过的。他觉得自己的身上，一定都发臭了。

高泽洋脱掉自己的衣服，走进浴室。热水冒着白色的雾气，哗啦啦地从莲蓬头中往下喷。泽洋用手抹一把脸。沐浴露的香气混合着热水的蒸汽，在这个冬日里，让泽洋觉得温暖无比却又令人窒息。泽洋用柔软的浴巾将身上的水擦干，又拿吹风机熟练地将头发吹干。整个人又变得神清气爽起来。

他从楼上下来，换了一套正装。西装领带，外加那基本完美的脸庞，他简直无可挑剔。但是他内心担忧的，却是待会要面见董事长的事。这次会议未到场，必然是惹怒了他。刚想出门，却看到雅琳坐在客厅的沙发上嘤嘤地抽泣。穿着宽大的睡衣，让她看起来像只受伤的小猫。泽洋的内心猛得泛起了心疼。他走到雅琳面前，蹲下："亲爱的你怎么了？"

雅琳抬起头来，水汪汪的大眼睛已经泛红，白皙如陶瓷般的脸庞上还残留着泪痕："你是不是喜欢别人了？这一次出差回来是怎么了？你刚刚对我的态度，是之前从没有过的。"雅琳哭着控诉。

泽洋的脑子里瞬间闪过了小雨的影子，忙安慰道"我怎么可能喜欢上别人？刚刚是我不好，我太累了，所以……"泽洋起身，抱住受伤的雅琳，就像抱着一朵娇弱的花。

"可是你刚回来，又要出去了不是吗？"雅琳看着他西装革履的样子，就知道这是他去公司时必然的装扮。"这几天真的很忙，等我忙完这阵子，我们就去旅游。你想要去哪儿，我们一起去。"泽洋温柔地笑着，轻轻地在雅琳的额头上吻了一下，随即出门。

一路上，边开着车，边想着各种借口。可是，也许就像小雨说的，自己并不是个适合说谎的人，于是打消了念头，决定还是实话

实说。至于结果，他不知道会是什么。这次出差签回的大单子，本是以总经理的位置作为目的。这是他一直想要的，这样便能正式向雅琳求婚。

"董事长。"泽洋站在办公桌的面前，微微地低着头。等待董事长发话。而这个坐在办公桌后一直低着头看文件的人，就是盛风集团的董事长佟振宇。

"你有什么要说的？"男人的嗓音带着老年人特有的浑厚，没有抬头看泽洋一眼。

"回来的火车上，我遇到了一个女孩，她遇到了一些困难，我一直在帮她，所以会议没有到。"高泽洋认真地将自己的经历一五一十地做了报告。

男人听完，终于抬起头看了一眼泽洋，然后将手上的文件放到一边，从位置上站起来。他走到泽洋身边，拍拍他的肩膀："妇人之仁对你的事业可没多少帮助，反而会是一种阻碍。希望你明白。"这就是佟振宇一直传输给底下员工的信息，事业上，没有同情，没有仁慈，只有利益。

虽然泽洋一直不赞同董事长的话，但是他从未反驳。泽洋点点头："明白了。"

"不管怎么说，我还是很看好你的工作能力的，答应你的我还是会兑现，办公室也早已经为你准备好了。但是希望你以后别再犯这种错误让我失望了。同一个错误，不能犯两次。"佟振宇又拍了拍泽洋的肩膀。

"谢谢董事长！"高泽洋连忙道谢。走出办公室的时候，志忑的心情一度平静了下来。佟董事长做事一向如此，总是让人摸不透他下一步会怎么做，永远在你意料之外。

"怎么样？董事长有没有骂你？"安翔从高泽洋走出来就一路跟着，忐忑地问。安翔在会议当天是亲眼目睹了佟振宇发怒的样子的。高泽洋进办公室后，他就一直站在门口不安地等待。

高泽洋停下脚步转头看安翔，没有说话，只是舒心地笑了笑。安翔立刻心领神会："真是太好了，我还以为你会被董事长给炒鱿鱼呢。你不知道那天他生多大的气呢。"

显然，这样的结果是值得开心的："晚上联系一下，我请客，开 party。"

"好的，高总监，不，是高总经理！"安翔开心地应和。

15

高泽洋终于靠着自己的努力升到了总经理的位置。豪华雅致的办公室，大片大片的落地玻璃窗。坐在总经理的椅子上，高泽洋可以看到窗外的车水马龙。这一切，是他一直想得到的。

他想靠自己的努力给雅琳好的生活，他不想让雅琳的父亲看不起自己。雅琳自小便娇生惯养，没受过一点委屈。高泽洋一直觉得只有自己当上总经理，才能配得上雅琳千金的身份。

现在他总算是达到了自己的目标，似乎没什么比这个更值得开心。高泽洋坐在旋转椅上，猛然想起了还在医院的小雨。不知道现在小雨怎么样了？泽洋拿起电话给安翔打电话："安翔，去停车场

把我的车开过来，我要出去一趟。"说着，他拿上外套，准备出门。而就在这时，高泽洋的手机又响了起来。是陌生号码。

"喂，你好！"

"你好，这里是东方医院。您带来的病人昨天夜里失踪了，你快来医院一趟。"电话那头，护士的声音非常急切。

听到"失踪"两个字，泽洋便觉得脑袋"轰"的一声。他连忙下楼跑到公司门口，安翔早已将车子开过来。高泽洋一把拉下了驾驶座上的安翔，亲自驾着车朝医院奔去，一路上一直按着喇叭。

泽洋用最快的速度赶到医院，满脑子是各种各样的画面。心里担心着小雨会不会想不开。

病房里空无一人，床上有躺过的痕迹。挂在床头的吊瓶也已经滴干，地上一滩药水的水渍。看来小雨是没挂完吊瓶就拔出了静脉里的针离开了。

"会不会是她的家人过来把她带走了？"高泽洋脑子里突然就乱成了一团，胡乱猜测着。

"没有人来看过她，据监控显示，她是在昨晚两点自己出去的。到现在没回来。还有门口的保安说，她说自己是出去买东西，很快就回来。"一个护士给泽洋报告着情况。就在这时，为小雨手术的医生走了过来："她把手机扔到了医院大门口的垃圾桶里，我捡了出来。"

高泽洋接过手机，心里闪过一丝隐隐的不安，小雨居然把自己的手机给扔了，这意味着什么？一种不好的预感开始弥漫开来。

"好的，谢谢！"高泽洋拿着小雨的手机，匆匆离开。

　　回到车上，泽洋拿出小雨的手机翻看通讯录。一页一页地翻看。他不知道，这里面谁和小雨关系密切，也不知道，这里面小雨会向谁求助。

　　"妈妈。"看到这两个字的时候，高泽洋愣了愣，想了想，终究还是没有拨出去。高泽洋灵机一动，翻看起了通话记录。他想，如果在扔手机之前和谁联系了，那小雨肯定是试图求助他的。

　　然而，通讯记录里只有两个名字。

　　"瑾瑜"和"安承夜"。

　　高泽洋对安承夜这个名字十分有兴趣，这是小雨离开这里前打的最后一个电话。但是通话时间是零，这代表小雨想联系他，但是因为某种原因又中断了。

　　高泽洋怀着忐忑的心情按下拨号键。通了。

　　"小雨？"对方接起来就喊了小雨的名字，听声音应该与小雨年纪相仿。高泽洋猜测他和小雨的关系的同时，便询问起了安承夜。

　　"我是小雨的朋友，她昨天在医院失踪了。我想问下你……"

　　"医院？失踪？怎么回事？她不是在学校吗？"安承夜电话里传来的声音提高了分贝，显然他对这一切毫不知情，更不知道发生了什么事。

16

　　"这样吧，你在哪儿，我现在过来找你，既然她到最后想求助的人是你，我想你一定跟她关系不一般，也是一定能帮助到她的人，

借我一寸微光

我们见面说。"

"好，我在学校，你现在过来，我在校门口等你。"

高泽洋连忙踩下油门朝安承夜说的地址赶去，边开着车边胡思乱想。他知道，现在时间就是一切。时间拖得越久，小雨就越可能会出什么事。

远远地就看到校门口站着一位高高瘦瘦，帅气的男生。他不停地张望，表情很焦急，像是在等什么。高泽洋心里认定，就是他了。

泽洋将车子驶到男孩身边，摇下车窗："上车！"安承夜也赶忙坐上了他的副驾驶。

"这到底是怎么回事？"安承夜一上车就焦急地问道。高泽洋将小雨的事一五一十地说给他听。

"什么？为什么你说的我一点都不知道？"听完高泽洋的诉说，安承夜差点跳了起来。他怎么也没想到，小雨居然早就离开了学校，而且还找了工作，交了男朋友，怀了孕，打了胎，切了宫，如今还失踪了。

听着高泽洋说，安承夜像是一下子吃进了很多很多的东西，觉得自己都撑坏了，消化不了。泽洋的每一句话都出乎他的意料。自己在小雨十四岁的时候离开，直到小雨十六岁，都一直保持联系。后两年来，为了不影响小雨学习，他一直要求自己不要和小雨联系。一直期盼着，等到小雨以优异的成绩考上自己的学校，这样就可以永远在一起了。

但是他没有想到，两年来自己的不闻不问，小雨却遭遇了这么多。他悔恨不已，他觉得自己的心里裂开了一道深深的口子，流出股红的血，疼得他快要窒息。若是他能早点知道小雨已经离开了家，就可以给她更多的照顾了，也不会让小雨沦落到这样的地步。

安承夜懊恼着，悔恨着，更气愤着。他生气小雨发生了这么多事却都瞒着自己，他生气小雨来到这里居然不和自己说一声。

"先别难过，现在我们最重要的是要找到小雨，我真的担心她会一时想不开，做出什么傻事来。"听到高泽洋的话，安承夜忙说："我们现在就走，我打个电话请个假。"

进学校以来，安承夜一直是好学生，还是全校出了名的"小提琴王子"，老师对他的偏袒是有目共睹的。所以，安承夜请个假也就是一句话的事情。他请了一整天的假。

高泽洋翻看着小雨的通讯录，首先找到的线索就是"经理"。这个应该就是小雨曾经上班的喜乐酒店的经理了。高泽洋忙打电话过去问了酒店地址，便匆匆赶了过去。

车还没停稳，安承夜便迫不及待地下了车。

"阿姨你好，你知道以前在你们酒店上班的聂小雨的家在哪儿吗？"安承夜问。

"我是新来的！不认识你说的聂小雨，不好意思。你找我们经理吧。"

无论是站在门前的迎宾，还是服务员，还是拖地的阿姨，两个人一路询问，终于在经理那里拿到了小雨租房的地址。急急忙忙道完谢，两个人又上了车。

17

　　这个房间，这个有着瑾瑜遗留的衣物的房间，更是装满了和瑾瑜的回忆的房间。

　　小雨憔悴的脸上挂满了泪痕，坐在床边，愣愣地望着地上还冒着光的火盆。从昨天夜里出来，她回到这个房间，便在房间里坐了一夜。没有开灯，也没有开窗。

　　小雨不知道自己要做什么。也不知道自己还能做什么，似乎连活着都失去了意义。"小栀子"离开了，瑾瑜也离开了。小雨不知道自己还有什么可以仰仗，还有什么可以信仰。或许，有时候"活着比死亡痛苦"说的便是现在的小雨。

　　而此时的小雨正在将一本厚厚的日记撕毁。她一张一张地撕着，然后一张一张地丢进了火盆。像人们烧纸钱祭奠死者一样，小雨似乎也在祭奠自己死去的爱情。

　　那一张张写得密密麻麻的纸张泛着蓝色的火光，最后一点一点化成灰烬。

　　这本日记，小雨从离开那个家开始记录，一直到瑾瑜离开后一个月。日记里，记录着和瑾瑜的爱情的开始到结束，十分完整。

　　也不知道什么时候开始，写日记仿佛成了小雨的习惯。那本厚厚的日记本，已经被写完了。如今，小雨却将那些点点滴滴留作珍藏的日记葬身火海。

　　撕得累了，小雨便将那被撕了一半的日记本全丢进了火盆里。溅起了一地的火光和纸灰，纷纷扬扬飞上半空中。

小雨一脸的麻木，那被泪水洗得惨白的脸，像已死的人。小雨拿起桌上的水果刀，一点没有犹豫地划向自己的手腕。血液从手腕里沿着刀锋划过的痕迹溢出来，鲜红刺眼，可小雨一点都不觉得疼。

小雨找了个舒服的姿势躺在床上，空气中溢满了血腥的味道。那是一种血液从身体里流失的快感，小雨突然就觉得轻松了，释然了，关于瑾瑜，关于过去，关于自己。瑾瑜的脸突然就出现了，带着温和的笑。

"瑾瑜，你终于来了，你终于肯见我了。"小雨在心里呢喃着。小雨想伸手抚摸他的脸，却发现自己的力气已经伴随着血液慢慢地从她体内流失。此刻小雨觉得自己的身体变成了一张纸，轻飘飘的，风一吹就走了。

小雨缓缓地闭上眼睛。这个世界的光亮一点点地消失，直到全世界都黑了下来。

安承夜和高泽洋绕了大半个城市，才在一个平房区找到了小雨的门牌号。安承夜用力地敲门："小雨，小雨，快开门，我是承夜。"

可是任凭安承夜怎么呼喊，里面还是一点声音都没有。

"小雨会不会没在家？"安承夜转过头，慌了神似的问高泽洋。高泽洋也看着安承夜反问："那你想想她还能去哪儿？"

就在这时，安承夜突然闻到了门缝里漫出来的焦味，并且，这味道越来越浓了。安承夜和高泽洋对望一眼，顿时心领神会，小雨就在里面。安承夜更加疯狂地拍起了门，然而，里面依然没有任何回应。

情急之下的安承夜，拉着高泽洋一起用身体撞门而入。

连撞两下，门板就倒了下去。房间里的情景吓坏了安承夜和高泽洋。小雨躺在床上，满地满床的血，还有那床边的火盆，已经烧到了床上。棉絮里冒出滚滚的烟。有那么一瞬间，安承夜甚至觉得那白烟是小雨的灵魂，正在慢慢地往上升。

"快，把她抱下来。"高泽洋边去卫生间接水，边对安承夜吼道。安承夜此刻才反应过来，连忙扯开了燃烧着的被子，一把将昏迷的小雨抱了起来，高泽洋从卫生间拎了一桶水。

火焰被那一桶冷水彻底浇灭，冒出更浓的烟。

"要先抢救，快呀。"安承夜抱着小雨，看到了手腕上的刀痕以及被鲜血染得触目惊心的手，不禁慌乱了起来。他甚至能感觉到怀里的小雨身体已经发凉了。

18

两人迅速将小雨抱到楼下的车里。高泽洋将油门踩到底，按了一路的喇叭，直奔医院。

"小雨，你不要死，你千万不可以死。"安承夜在心里默默祷告着，看着怀里的小雨，手腕上的血已经淌得触目惊心。安承夜感觉到，怀里的小雨，体温越来越凉了。.

小雨被推进了急救室，手术室的灯亮了起来。看着小雨被推进去，安承夜的心跳都没缓过来。他怎么都没有想到，四年不见面。如今却以这样的方式重聚。小雨显然已经变得不一样了，不再是四年前那个傻傻的女孩了。

站在急救室门口，两个大男孩一刻都没闲住。虽然什么都看不到，但是安承夜还是时不时扑在门上张望。他不安，他好怕自己来迟了，好怕小雨救不回来。高泽洋在门口来回踱步，焦急地等待结果。

时间一分一秒地过去，每一秒都变得漫长，漫长得让人窒息。安承夜的耐心一点点消耗尽，可是再没耐心也只能等待，就像罪犯等待自己的宣判结果。安承夜紧紧地捏着拳头，猛地一拳打在了医院的墙壁上，满脸的悔恨。高泽洋见状，忙上前，拍拍他的肩膀："安心点，没事的，不要吓自己。"

高泽洋虽然安慰着安承夜，可是他的内心比谁都乱，只是假装平静而已。他心里早已充满了自责，若不是自己当时离开，将小雨一个人丢在这医院里，或者，自己能够早点回来，小雨可能什么事都没有。

也不知道过了多久，在安承夜和高泽洋的概念里，仿佛是过了大半个世纪，小雨终于被推了出来。她手腕上包裹着厚厚的白色纱布。床头挂着葡萄糖和血浆，正随着细细的针管，往小雨的体内淌。

医生摘下口罩："还好你们送得及时。你们再迟来一步，这小女孩就没命了。实在是危险啊！"

听到医生的话，高泽洋和安承夜都松了一口气，安承夜甚至瘫软在了凳子上，压在心底的大石头总算落了下来。要是小雨真的就这样丧了命，无论是泽洋还是安承夜都会不安愧疚后悔的，那会是一种伴随自己一生的遗憾。

借我一寸微光

"不过由于失血过多，病人暂时还醒不过来，需要点时间，你们好好照顾她。"医生又嘱咐道。

安承夜和高泽洋使劲点了点头，忙向医生道谢。

两人跟着医生护士们一路到病房。大家小心翼翼地将小雨搬到了病床上。仪器的声音"嘀嘀"作响。

"病人需要静养，所以你们尽量小心照顾。"护士临走前交代。

此时，房间里只剩下三个人。两个人都望着小雨的脸，已经白得不成样子。

"你是不是还有课，我送你回去吧？"高泽洋看着安承夜说道。安承夜抬起头看了高泽洋一眼，突然觉得自己忽略了一个问题：高泽洋和小雨只算是萍水相逢，却如此关心在意小雨，这不像是一般的关心。

"你喜欢她？"安承夜警觉地问高泽洋。

高泽洋先是一愣，随即笑了笑："我有女朋友，我只是觉得这个女孩挺可怜。"

"是吗？"安承夜满脸不信任地问。

"嗯。"高泽洋坚定地回答："我的女朋友叫赵雅琳。"说完这句话，高泽洋也愣了一下。自己为什么要解释？那是一种不愿承认的掩饰吗？想到这里，高泽洋不让自己再想下去。

"需要我送你吗？"高泽洋再次发问。这个问话也让安承夜极其不舒服，好像高泽洋才是小雨的亲人似的："我没打算走，我要留下来照顾她。如果你忙的话，可以先走。她交给我，可以的。"

高泽洋突然觉得自己没有立场反驳，点点头，拿着车钥匙离开

了。走出医院门口，泽洋会心地笑了，那是一种从心底萌生出来的慰藉。因为他特别留意了小雨的脖子上，确实戴着那条自己送的星星项链。

19

病房里很冷清，只有仪器在发着声音。安承夜守在小雨的病床边。他握着小雨冰凉的手，给她温度。

十四岁以前，安承夜一直这样努力地给小雨温暖。每一天，安承夜都陪着小雨一起上学放学。小雨体质弱，天一冷，她的手就会像冰块一样，一双小手被冻得通红。每当这时候，安承夜就握着小雨的手将它捂暖。

十四岁之前，小雨也一直享受着安承夜带来的温暖和保护。他是她在这个城市唯一觉得安心的人。小雨九岁那年，妈妈生下了弟弟聂小帅，小雨便失去了这个家唯一的温暖。妈妈偏袒弟弟，那个男人也是。自己成了弟弟的小保姆，更是全家人的保姆。洗衣服，做饭，洗尿布。这是小雨每天放学必须做的事。

但是即使是熬夜，小雨也会在做完家务后继续完成作业，从没有落下。

"我觉得我在这个家里充其量就是个免费小保姆的角色，在古代，那就是丫鬟，奴婢什么的。"小雨经常会对安承夜抱怨自己的生活。

安承夜知道自己没能力改变，无奈地笑着。所以只能尽量地对

小雨好。每天，他换着法子给小雨带早餐和零食。

后来的后来，安承夜有了自己的第一辆自行车，小雨也就结束了步行上学的日子。小雨总是坐在安承夜的单车后座，靠着他的背。就像是一种探险，小雨看不到前面的路，却一直在前行，只因为她的身前，有安承夜。

再后来，安承夜的妈妈，那个势利刻薄的女人，那个身体臃肿，却总是化浓妆的女人，知道了安承夜和小雨这样出生低微，来历不明的女孩交往密切，她当着小雨的面责骂安承夜："叫你不要跟那种女孩再来往了，你怎么就是不听呀！"

安承夜被他妈妈拽进了那栋洋房的大门里，"砰"的一声，门被重重地关上。

"那种女孩？"小雨愣愣地站在门外，听到了门内两个人的争吵。心里暗暗地想着"那种"女孩究竟是哪种女孩，就像自己这样配不上承夜哥哥的女孩吗？

那天以后，安承夜的自行车被没收了，再也不能载着小雨去冒险了。可是他没有抛弃小雨。他依然关心她，依然和她一块上学放学。有时候，那个富态的女人看到安承夜和小雨并肩走回来，就会瞪着小雨。小雨不敢对视那双画了青色眼线的眼睛，那眼神就好像是提醒着小雨："你配不上安承夜，请离他远点。"

小雨依赖安承夜。她没有想过如果连承夜哥哥给的关心和温暖都失去，自己该怎么在这个城市继续生存下去。

"承夜哥哥，你会抛弃小雨吗？"十三岁稚嫩的唇里说着自己内心最恐惧的东西。

"不会，永远都不会。不管我在哪儿，都不会抛弃小雨。"
十四岁稚嫩的唇里，学着大人说起了承诺。只是后来的后来，谁先
忘记了这个承诺呢？是小雨，是自尊和倔强，让小雨丢掉了那些稚
嫩的承诺。她不知道，说这个承诺的时候，安承夜很认真，很认真。

20

安承夜请同学帮忙请了一个星期的假。虽然这个周期有点长，
包括同学和老师都好奇安承夜要用这一个星期的时间做什么。可是，
出于对安承夜的了解和放心，老师还是准了他的假。也许，老师认
为安承夜是要备战下周的提琴比赛。

安承夜看着小雨，这张经历了太多悲伤的脸。他心疼极了。他
生气，生气为什么小雨离家出走不投靠自己。他生气小雨为什么要
和那么不负责任的男孩在一起。他生气她不懂保护自己。他更生气
自己为什么这两年来没有跟小雨多联系，或许就能早些发现她离家
出走的事。

可是，这些生气却抵不过心疼。他心疼这样一个倔强的女孩。
他无法想象她在火车站那样的地方呆上一天一夜，等上一天一夜。
他无法想象是什么可以让她这么执著，执著地让人心疼。

安承夜痛恨瑾瑜。他发誓，如果有机会再找到那个叫瑾瑜的男
孩，他一定不会放过他。

天渐渐暗了下来。床头的吊瓶和血浆换了一瓶又一瓶，小雨还
是没有醒来，像是熟睡了。安承夜也趴在小雨的床边睡着了。

借我一寸微光

　　直到晚上八点多，小雨才缓缓睁开眼睛，好像春天的复苏。有那么几分钟，小雨的记忆是空白的，像新生儿。当看到床头的血浆，才缓缓想起了昏迷之前的事，日记，鲜血，还有瑾瑜。

　　"我还活着吗？"小雨在心底暗暗地问自己。她环顾病房一周，最后视线停留在趴在床边沉睡的脸庞上。那是一张精致的脸，有浓浓的眉毛，高挺的鼻梁，小巧红润的嘴吧，还有白皙无瑕的皮肤。

　　小雨突然怀疑自己是在梦中还是已经醒来，好像一切都变得不真实了。眼前的人，真的是承夜哥哥吗？那个埋藏在心底已久的名字，此刻再次割开了她的心，生疼生疼。不知怎么的，眼泪就无声无息地流了下来。小雨极力压抑，却适得其反。最后一切的委屈都涌上了心头，原本无声无息地掉眼泪变成了小声的抽泣。

　　安承夜被这细小的抽泣声惊醒。他抬起头，只见小雨满眼泪水地望着自己。小雨转过头去，慌忙擦去脸上的泪水。

　　"承夜哥哥，你怎么来了？"小雨的声音很弱，还带着浓重的鼻音。

　　安承夜很想发脾气，很想朝着小雨大吼，我不来你就死在家里了。可是，看着脆弱的小雨他又不忍心，依然握着小雨的手："因为我说过，无论在哪，我都不会抛弃小雨。"安承夜的声音有些颤抖，像是隐忍着，不让自己哭出来。

　　听到这句话，小雨终于忍不住哭了出来。小雨也没有想到，再相逢，会是此情此景。她本不打算再见安承夜，因为她觉得自己再也没脸去见他。是自己违背了他，是自己抛弃了承夜哥哥，是自己放弃了那个约定。如今自己满身伤痕，她怎么还能见他。

"为什么要救我？"小雨哭着说。

"你怎么可以那么傻？要不是高泽洋打电话给我，你想瞒我到什么时候？你想死了也让我毫不知情吗？你怎么可以那么残忍？"安承夜终于控制不住哭了起来。

此时，高泽洋却愣在病房门口。他看着此情此景，也控制不住湿了眼眶。好像他出现的不合时宜了。他不该打扰。高泽洋将手里的保温盒放在门口，然后准备离开。他特意为小雨买了鸡汤和白粥，都还热的。

21

安承夜看到了刚要离开的高泽洋，连忙追了出去："高泽洋！"安承夜喊住他。高泽洋背对着安承夜愣了愣，连忙收起脸上悲伤的表情，转过头对安承一笑："哦，我下班路过这，顺便给你们带点吃的东西过来。"

"谢谢，既然来了，就进来坐一下吧？"安承夜说。

在安承夜的邀请下，高泽洋转身走进了病房。

"好点了吗？"泽洋硬是扯开一丝笑容。小雨看着他，只是微笑地点头。对于这个男人，也许是感激，也许是痛恨。小雨此时无法分辨自己对他的感情。应该感激他一次次救了自己吗？还是应该恨他救起了自己。这样的自己，小雨找不到一丝活下去的理由和勇气。

在血液流淌成河的时候，小雨的心里没有痛苦，只有释然，只

有解放。可是，因为这个男人，自己再一次被拽进了这个充满了苦楚和悲凉的世界，面对的还是那些无法承受的悲伤，还有那些躲避不了的心痛回忆。

小雨知道当心死成灰的时候，活下去比面对死亡更需要勇气。

房间里，三个人顿时没有了语言，谁都不知道该开口说些什么来打破这样的沉默。安承夜将白粥倒出来，就着鸡汤，一口一口地喂给小雨吃。小雨就像个孩子一般，乖乖地张嘴。

高泽洋看着此情此景，此时的小雨，安静，乖巧，顺从，这画面太温馨了。就在这时，高泽洋的手机突然响起，打破了沉寂，也打断高泽洋的思绪。高泽洋拿起手机看，是雅琳打来的电话。

不知道哪冒出来的心虚，居然让他不敢接她的电话。他按下挂断键对安承夜和小雨说："我还有事，就先走了。"然后握着手机匆匆离开了病房。

手机又响了起来。高泽洋边往外走边接起电话，没等雅琳开口，他就急忙地说："我在车上，有点堵车，马上就到家了。"说完又急忙挂断了电话。不知道自己在紧张什么，总有一丝担忧，担忧雅琳开口质问。

这是高泽洋第二次说谎，还是因为小雨。他驾车快速地赶回家。一路上，脑子里乱七八糟不知道该想什么。那是一种微妙的斗争。思维像立交桥一样交错着。一个是小雨，另一个是让自己别去想小雨。

高泽洋赶到家的时候，雅琳坐在餐桌前一脸黯然。桌上的饭菜早已凉了，蜡烛点了大半。红酒和高脚杯应在此情此景都显得寂寞了。雅琳的脸上明显有哭过的痕迹，精致的妆容此时却多了疲惫感："饭菜冷了，我去热一下。"说着，她端起桌上的菜往厨房走去。

雅琳的话像冷宫里的怨妇发出的叹息，带着满满的哀怨。

高泽洋的心里顿时无比内疚，深深地叹一口气。他坐到沙发上等待雅琳将饭菜热好。雅琳明显哭过了，又是因为自己。高泽洋想再次解释，自己真的是因为堵车才晚归，可是想了想，似乎又有那么点此地无银三百两的味道，张了张嘴又沉默了下去。

这顿饭吃得异常压抑。雅琳不说话，不停地扒拉着碗里的饭，也没见吃几口。高泽洋努力想找话题打破这样的压抑气氛，绞尽脑汁地想起所有的节假日，可是都离得还远。又努力想什么纪念日。最后终于找到了突破口："亲爱的，下周六你生日，我们去旅行吧？我们一起去马尔代夫。"

高泽洋的语气里充满了讨好的味道。马尔代夫毕竟是雅琳多次提起要去旅行的地方，只是一直都是自己没时间陪她，所以没去成。这一招果然有用。雅琳立即抬起了头，脸上的悲伤也退去，被欣喜所代替："真的吗？"

"当然了。"高泽洋满口答应。心里暗暗盘算着，干脆到马尔代夫给雅琳过生日的时候，把自己的求婚当做生日礼物。两年来，高泽洋一直努力，虽然雅琳说不在意他是贫穷还是富裕，可是，高泽洋是个有傲骨的青年。

娶雅琳为妻，是高泽洋努力的目的，也是自己最大的愿望。

顿时，家里又有了温馨的味道。

22

病房里充斥着消毒药水的味道。

"承夜哥哥，你回去上课吧！"不知道为什么，这次见面，聂小雨突然感觉到自己离安承夜好远好远。两个人的中间，似乎隔着一条宽宽的长河，而这条长河，便是时间，是那分别了整整的四年时间。

安承夜似乎也感觉到了两个人中间的距离。他在努力找回四年前的感觉，可是，那层隔阂仿佛根深蒂固。

"我请了一个星期的假，我就在医院里陪着你，不回去了。"安承夜不愿离开。因为他害怕，他害怕小雨的离开，他害怕小雨会死掉。破门而入的那一刻，看到了床上垂死的小雨，安承夜便开始恐惧。那种恐惧深深地扎进骨髓里。

"哥。还记得过去的日子吗？虽然我总是被打，总是觉得不幸福，可是现在的我好想回到小时候。有你的保护，还有你给的温暖。每次坐在自行车后面，我的脸贴着你的背，听着你温暖的心跳，即便看不到前面的路，我也安心，没有一丝恐惧。"都说人老的时候就会不断地想起过去，原来，当一个人悲伤绝望的时候，也是如此。

安承夜露出一丝苦涩的笑容："我依然会保护你，给你温暖。一直都是，从没改变。"

小雨看着安承夜，眼中透着一丝一缕悲伤的光，最后悠悠地回答，像是叹息："回不去了。"

是呀，回不去了。那些有阳光有青草香的小时光。哪怕有些人还坚守在原来的地方，可是聂小雨早已离开。病房里药水的味道，惨白的墙壁和床单，窗外迷幻的彩色霓虹，来来往往的车流，都仿佛在告诉聂小雨，她再也回不到那些单纯的日子。

安承夜看着聂小雨灰暗的目光，想说些什么，却被手机的铃声打断。居然是妈妈。安承夜接起电话，那个女人的声音就像被扩音喇叭放大了一般击打着他的耳膜："小夜，你去哪了？学校那边说你请假了，你身体不舒服怎么没回来？"

原来，老师一直很看重安承夜，就打了电话到家里问候一下，表示一下关心，没想到却因此坏了安承夜的事。

"我在医院呢，我没事，过几天就回学校。"

"什么？你住院了？哪个医院，我马上过来。你一个小孩子一个人住在医院又没人照顾，怎么行！"一听自己的宝贝儿子住院了，安妈妈的声音马上就变得紧张，恨不得八百里加急立马赶到安承夜的身边去。

安承夜一听，连忙回绝道："我挂完点滴就回来，马上就完了。"

听到妈妈要来医院，安承夜也慌了神。怎么可以让她来医院，如果让他看到自己竟然是为了聂小雨而撒谎请假，必然又是一番大哭大闹，责骂交加。从小，妈妈就不喜欢自己和聂小雨在一块，甚至连小雨的名字都不愿意提起，总是用"那种女孩"来代称小雨。安承夜的妈妈恨不得聂小雨永远消失在安承夜以外的世界里，那是一种从骨子里露出来的蔑视和厌恶。她瞧不起小雨，也瞧不起小雨的妈妈和那个男人。

安承夜一再解释，自己马上就挂完了点滴回家，她才被说服。

还一再叮嘱着。

看来安承夜是必须回家了，这是保护小雨最好的方式。如果让妈妈知道小雨就在医院里，也许什么难听的话都能从妈妈嘴里蹦出来。妈妈还一定不会让自己轻易出家门或者离开学校，那就别提自己还有什么能力去照顾小雨了。

小雨听到是那个有着红色卷发的富态女人打的电话，立刻想起了小时候，那个女人画着青色眼线的眼睛瞪着自己的神情。她从小就知道那个女人讨厌自己，甚至看到自己的时候，比看到苍蝇的脸色还难看。小雨从未入她的眼。

"承夜哥哥，我一个人没事，你回去吧，别让你妈担心。"小雨硬是表现出让人放心的样子，对安承夜说。

安承夜皱了皱眉头。回家是必然的，可是他也绝对不会让小雨一个人呆在医院里。现在的小雨就像一个随时都可能失去的宝贝，一不留神，就可能再也找不到她了。安承夜陷入了矛盾中。

到底可以请谁来帮忙照顾小雨呢？

23

"高泽洋？"安承夜想到他。"不可以。"安承夜又否决了自己的想法。他不愿意让高泽洋靠近小雨。这不是小气，而是有一种直觉，直觉告诉他，自己对高泽洋充满了敌意。高泽洋对小雨的关心，绝对不是一般的关心，尽管他一直在解释自己有了女朋友。

"对了，吴深秋。"安承夜想着，连忙拿起电话拨了过去。电话很快接通。

"喂，秋，我有件事请你帮忙。"

"哪来那么多磨磨唧唧的，有什么事说。"

吴深秋是个爽气的男孩子，很早就退了学。是安承夜转到市里的学校之后认识的第一个好哥们。在安承夜被高年级的同学勒索的时候，是吴深秋出面解的围。虽然安承夜不知道吴深秋为什么要帮他，但是从此奠定了好兄弟的基础，用吴深秋的话说："我就是看你顺眼。"

安承夜是不折不扣的好好学生，家境好，成绩好，提琴也好。而吴深秋却是老师校长以及同学眼中无可救药的坏学生，他打架，抽烟，逃学，早恋，无恶不作，在高一的时候被退了学。因为父母远在国外，所以也管不了那么多，只有银行的汇款。

吴深秋被退学了，安承夜却为了他去校长那求情。最后，校长只是让他这样的好学生少接近吴深秋，最终没有改变主意。吴深秋知道安承夜居然为了自己去求情，更是把他当作有福同享有难同当的好兄弟看待。

安承夜在学校里遇到了什么麻烦，吴深秋就会带着一帮混混抄着家伙蹲在校门口等着教训那些人。最后全校皆知，安承夜有一个混混朋友，势力不小，都不敢再找他麻烦。

所以这次安承夜请他帮忙，吴深秋也是二话不说就答应了："等着，十分钟，我马上到。"果然十分钟不到，吴深秋就骑着摩托车赶到了医院。

出现在病房门口的时候，因为外面下着小雨，吴深秋看起来有

些狼狈。他头发有些长，湿了，还滴着水；刘海挂下来，触到了睫毛；衣服裤子也湿了。不得不承认，吴深秋也是个漂亮的男孩。他有很长很密的睫毛，此时挂着晶莹的水珠。他眉毛很浓，下巴很尖，嘴唇红红的。

小雨看着他，居然想到了"美艳"这个词。用这个词来形容一个男生，真不知道是赞美还是悲剧。

"兄弟，外面下雨呢。"吴深秋拍着安承夜的肩膀说。

"下雨我也得打车回去，不然我就死定了。小雨交给你了，帮我好好照顾她，谢了！"

吴深秋这才转头看到了小雨。苍白的，瘦弱的。他对着安承夜点点头。安承夜转过头不舍地看着小雨："我明天再来看你。"然后就走出了病房，消失在了雨夜里。

看着陌生的吴深秋，小雨觉得气氛中有一种尴尬。她可以不用人陪，一个人远比面对一个陌生人来得自在。可是，安承夜坚持自己的身边要有个人照顾，小雨连反驳的余地都没有。小雨知道，是自己这次自杀吓坏了安承夜，承夜哥哥是最不希望自己受伤的人，更何况这不仅仅是伤害那么简单。

"你就是聂小雨？"吴深秋挑着眉毛看着躺在床上的聂小雨问道。

"你认识我吗？"刚刚还在尴尬的小雨顿时满脑子疑惑。

"他和我说过你，经常提起你。对了，你为什么要自杀啊？我都不自杀你自杀个什么劲呀？"吴深秋看着聂小雨打开了话匣子。小雨听得一愣，吴深秋居然那么轻描淡写地就扒开了自己的伤疤，而且，还扒得那么理所当然，毫无遮拦。吴深秋果真一点都不避讳。

060

小雨也郁闷了："你怎么就比我更有自杀的理由了？"

"我吧，有爹有妈，却跟个孤儿似的。说学习吧，成绩也不算差，却被退学了。女朋友吧，莫名其妙跟别人跑了。你说悲剧不悲剧？"

聂小雨"扑哧"笑了。

"喂，你还幸灾乐祸呀？"

……

小雨没想到吴深秋居然是个这么好接触的人，三言两语就跟别人热络了起来。小雨还真羡慕吴深秋这功力，不像自己，刚出来的时候，闷头闷脑，不会说话，只会做事，所以，朋友不多，关心不多。她想，吴深秋虽然不上学了，但是朋友一定很多。

吴深秋就像灿烂阳光，照亮了小雨黑暗的生活。吴深秋的没心没肺，让小雨觉得自己也变得自然很多。承夜哥和高泽洋总是会在自己的面前有所避讳，比如关于自杀，关于瑾瑜，还有关于怀孕。他们都会变得小心翼翼。那种极不自然的刻意，让小雨也觉得沉闷。只有吴深秋，自己才能和他肆无忌惮地聊起一些别人都不愿意触碰的事，比如，瑾瑜。

"吴深秋，你为什么叫深秋啊？"小雨明显开朗很多，她主动和吴深秋说话，也会主动问他问题。

24

"你为什么叫小雨我就为什么叫深秋呀！"深秋边专注地削着苹果，边漫不经心地回答。

"那你知道我为什么叫小雨？"小雨又问。

吴深秋试图将苹果皮削成一条，却总是失败。就像驾车去越野似的，时不时抛锚停一下。最后一个苹果被吴深秋削得只剩下不规则形状，好好一个苹果，削皮就削了大半个。

吴深秋终于停下手下的刀："不就是在雨天出生嘛。我跟你一样，在秋天出生，所以叫深秋呀！"说着，吴深秋将削好的苹果递给小雨。小雨看着被摧残得不成样子的苹果说："你这苹果削的……太对不起这苹果了。"

吴深秋也一脸汗颜："你还别嫌弃，我可是第一次给女孩削苹果吃。"

顿时，两个人都沉默了。小雨接过苹果，刚要啃。吴深秋又一把从小雨手中夺过了苹果："算了，看你手腕上有伤，还包着布呢，我把苹果切一下，你吃着方便些。"说着，吴深秋就开始切起了苹果，将苹果肉切成一小块一小块的。

吴深秋就连关心都如此霸道，可小雨还是感动了。她望着吴深秋切苹果块的样子，只觉得心里一阵温暖和酸楚同时涌来。记忆中，只有在瑾瑜追自己的时候，才这样细心地对待过自己。

此时，吴深秋也看到了小雨眼中带泪花地望着自己，顿时心里一阵不自在："喂喂喂，别这么感动哦，我只是答应了承夜说要好好照顾你，所以，我不能食言。"说着对小雨稚气地一笑，将切好的苹果端到小雨的面前。

小雨也立马回过神来："你少臭美了，没人为你感动，别自作多情。"

　　吴深秋孩子般地吐吐舌头，将切好的苹果块一块一块地喂给小雨吃。小雨咬着清脆的苹果，只觉得苹果好甜，甜得让人想流泪。

　　"其实你的名字很好听，不像我的，小雨小雨，又普通也没诗意，更没意境。深秋，又诗意又有画面感。"小雨自我陶醉地说着。最后只换来吴深秋一个嗤之以鼻的"喊"字。

　　"对了，你说你女朋友莫名其妙跟别人跑了，怎么回事，能说说吗？"在吴深秋面前，小雨突然就变成了好奇猫，也变成了话匣子。好像对吴深秋总没有那么多的尴尬和顾忌。

　　"就那男的比我帅呗，后来我把那男的打住院了，所以我就被退学了。不过还好，人没死，赔了点钱，了结了。"吴深秋说起自己的事就好像说八点档的肥皂剧剧情一般。还是那吊儿郎当的态度，轻描淡写的语气。

　　"你很爱她？"小雨又问。

　　"不知道，不算爱吧，只是觉得自己的女朋友被抢了有点没面子吧。"吴深秋又说："你呢？"

　　一句漫不经心的反问让小雨愣了一下，还是缓缓地说起了瑾瑜："他叫瑾瑜，一年前……"

　　"瑾瑜？不是吧这么巧？我也认识一个叫瑾瑜的，不过年前他回老家了，就再没联系了。"小雨话还没说完，吴深秋就极其激动地打断了她。

　　"什么？你认识？"小雨惊讶地看着吴深秋。

　　吴深秋冲小雨猛点头："不过应该只是同名啦，我见过他女朋友。我认识的瑾瑜以前在喜乐大酒店做领班的，算朋友的朋友。在

KTV 见过几次面，一起玩过几次。他每次他都会带女朋友过来，挺漂亮的。"

"喜乐酒店领班……瑾瑜……有女朋友？"小雨一次次重复着。她知道，吴深秋说的瑾瑜的女朋友，应该就是安琪了："你什么时候见到他和他女朋友在一起的？"小雨问，突然又觉得自己的问题让自己很别扭，明明自己就是瑾瑜的女朋友。

"年前八月份吧。真的是你的男朋友瑾瑜啊？那那个女的是谁？"

小雨没有理会吴深秋的提问，反而回想起去年八月份。原来，瑾瑜早就和安琪私下来往了，早在自己听到风声之前。想起过去，小雨的内心又是一阵悲伤。"瑾瑜"两个字，就是她内心的伤口，永远都无法愈合。哪怕只是轻轻一碰，也会血流成河，疼痛不止。

"我以前也在喜乐酒店，你说的就是我认识的瑾瑜，那个女的，叫安琪。你能帮我找到他吗？"

"不能！"吴深秋自己啃起了苹果，边啃边含糊地吐出这两个字。吴深秋一愣，突然又觉得自己有些绝情，轻咳两声："你这样我怎么帮你找，你乖乖养病，等你病好了，我就帮你找他。"

"真的吗？"不管吴深秋说的是不是真的可还是让小雨的心里再次萌出了希望。原来，对于瑾瑜，小雨根本未曾死心，就像看似一堆灰烬，其实里面暗藏着点点火星，哪怕只是微风扫过，也能重新燃起熊熊大火。

小雨知道，自己再怎么对自己说放弃，都是没用的。那些自欺欺人的话，就像那些掩饰着火苗的灰，骗得了别人，骗不了自己。

"好，我听话，我会好好养病，但是，你能现在就帮我找到他吗？"小雨看着深秋，眼神中已经充满了让人无法拒绝的期待。吴深秋甚至都无法对视小雨的眼睛。他害怕那样充满期待的眼神。

挣扎了良久，他终于掏出电话。小雨甚至连心跳都加快了，望着吴深秋。电话接通了

"喂，潇潇，你知道瑾瑜现在在哪吗？"

小雨努力想听，但是就是听不到那头那个叫潇潇的说了什么。

"好，你把地址发过来。"

说完，吴深秋挂上了电话，转过头对小雨说："潇潇和那个叫安琪的女孩有点交情，她待会就把现在安琪和瑾瑜住址发过来。好了，你可以安心了，等你病好，我带你去找他们。"说完吴深秋又觉得莫名其妙，自己竟然对一个不算熟悉的女孩许下了这样的承诺。自己为什么要帮她？为什么？是同情，是可怜，还是因为她是自己的好兄弟交给自己照顾的人？或许都有吧。

25

安承夜三天后才回来看小雨。因为回去之后，妈妈看得太紧，再加上学校老师已经和妈妈通好气，连续的请假是不可能的。现在来，还是趁下课跑出来，并且只能呆一两个小时就回去。

"兄弟，辛苦你了。"安承夜拍拍吴深秋的肩膀，满是感激地说。吴深秋反而揍了安承夜一拳："是兄弟就少给我婆婆妈妈的，哪来那么多谢谢客气的。"惹得小雨都笑了。三天来，吴深秋几乎吃住都在医院，就是为了帮兄弟的忙。他就睡在小雨边上的病床上，

两个人偶尔会聊天到深夜，甚至还会斗嘴吵架。

三天的聊天中，吴深秋了解到了更多关于小雨的事。

"高泽洋有没有来过？"安承夜转头问小雨。

小雨这才想起那个差点被忘记的名字。小雨摇摇头，心里暗暗想着："也许，他早已经把我忘了。"

安承夜倒是松了一口气，原来他一直以为高泽洋喜欢小雨，原来并不是这样的："你们想吃什么，我出去买。"

"肯德基。"吴深秋一点不客气地说。

"我随便。"小雨说。

"好！"说完，安承夜就跑出了医院大门。可安承夜刚离开，高泽洋就走进了病房，手中捧着一束白百合，还带了些清淡却有营养的饭菜。

已经好几天没来看小雨了，高泽洋始终还是放不下她。虽然他知道安承夜一定会保护好小雨，可是，自己没有亲眼见到小雨好好的，总觉得不安，再加上过两天自己就要和雅琳去马尔代夫了。走之前，高泽洋觉得自己有必要来看望小雨。

高泽洋走进小雨的病房就呆在了门口，那个男生是谁？高泽洋觉得自己猜到了什么，慢慢地走过去，将鲜花和汤放到了桌上。

高泽洋的出现让小雨多少有点欣喜，至少，多一个人关心总是温暖的。吴深秋望着这位不速之客，刚想问小雨这是谁的时候——

"瑾瑜你个混蛋。"高泽洋一拳打在了吴深秋的脸上，几乎让所有人都措手不及。吴深秋莫名其妙地挨了这样力道不小的一拳，立刻本能地进行反击。

"住手。他不是瑾瑜。"

就在吴深秋和高泽洋就要打起来的时候，小雨连忙喊道。高泽洋一下子愣在原地，吴深秋也望着小雨，心里暗暗猜测这个男人是谁，为什么对小雨这么关心，还因为小雨对瑾瑜这么仇视。

"你有病吧？跟我比打架呀？"吴深秋对着高泽洋就是一阵吼。高泽洋心里一阵自责，自己是怎么了？居然会如此冲动，如此沉不住气，这完全不像以前的自己，至少以前的自己会冷静地搞清楚事实，而不会轻易动手。

"抱歉，我以为你是瑾瑜，所以……都是误会。"高泽洋忙对吴深秋道歉。

"有病！"吴深秋白了高泽洋一眼，一点都没有假装客气："居然说我是那个人渣，你看我像吗？"

一听吴深秋的话，高泽洋突然觉得吴深秋像个稚气未脱的小孩，连忙说道："不像……不好意思！"小雨怔怔地看着，瑾瑜被说成人渣，她觉得自己的心里很不舒服。瑾瑜就算再不是，可终究是自己深爱的男孩。谁愿意自己心爱的人被说成人渣呢？

高泽洋这一拳打得自己都有些尴尬，忙对小雨笑着说："我给你带了点吃的，你趁热吃吧。我还有事，过两天再来看你。"

小雨礼貌地冲他点点头，高泽洋就匆匆离开了。高泽洋是特意来看小雨的，可是一拳打得自己不得不离开。一路上，高泽洋都搞不懂，自己什么时候变得这么的没有理智。

高泽洋的突然出现让小雨很开心。原来，高泽洋没有忘记自己，自己不是那个永远被遗忘在脑后的角色。小雨的手不自觉地摸着脖

子上的项链。"幸运，幸运，希望你能再多带点幸运给我，你让我认识了高泽洋，和承夜哥哥重逢，还遇到了这么可爱的深秋，让我变成了不再是没人疼爱的女孩。我只希望，你能让我找到瑾瑜。这是我最后的希望。"

安承夜带着肯德基和牛肉拉面回来的时候，看到桌上的百合和保温桶，才知道高泽洋来过了。又得知错打吴深秋的乌龙事件，他的心里不禁又是一阵不安。原来，高泽洋真的喜欢小雨。

吴深秋有滋有味地啃着奥尔良鸡翅的时候，安承夜就将拉面喂给小雨吃。小雨吃着拉面，顿时想起了小时候学校旁的拉面馆。小雨很爱吃那家的拉面，安承夜也经常带着小雨去吃。拉面的老板总是笑呵呵地说他们是小情侣，每次都会在他们的碗里多加点牛肉。

回想起来，小雨已经好久好久没有吃过拉面了。

"承夜哥，还记得学校旁边的那家拉面馆吗？"小雨吃着拉面，问安承夜。

"当然记得。老板人很好！"安承夜笑着说。

想起那么温馨的过去，小雨的心里又是一阵暖流。原来承夜哥哥还记得自己爱吃拉面。

吴深秋在一旁看着两个人谈论过去。他知道，那是属于他们的过去，内心不免一阵遗憾。以前听安承夜说起小雨的事，吴深秋并没有多大感觉。当自己接触到了小雨，才觉得，自己没有参与到他们的过去，是多么遗憾的一件事。

但是同时，他又庆幸着自己还来得及参与他们的现在和未来。

第二章　青春的嫁纱

1

过两天就要出发了。每当高泽洋回想起自己因为冲动而打错人，就恨不得搧自己两巴掌。在小雨面前，那是多么丢脸的一件事。"怎么这样呢？"高泽洋懊恼地反省着，想着以后再见到小雨时都会尴尬了。

好在自己已经定好了行程，可以暂时逃离这样的尴尬一段时间。也许等自己回来，大家都不会再去在意这件事，或者根本没人在意这件事，只有自己在耿耿于怀。

这两天，雅琳一直很开心，心情比阳光还灿烂，每天都在做着去马尔代夫的准备。行李早已经整理好，机票也已经定好，几乎是万事俱备，就等着自己生日那天能和泽洋一起飞往向往已久的马尔代夫了。

高泽洋看着雅琳开心的样子，心里也轻松了很多。有时候，雅琳不开心，泽洋也会跟着压抑。那种感觉很不好，几乎让两人都要

窒息。

"亲爱的，我们去那边，装一瓶白沙回来好不好？"雅琳叠着衣服边对泽洋问。

"好！"

"亲爱的，我们去那边抓只寄居蟹回来养，听说那边很多哦。"

"好！"

"亲爱的，相机带上，我要拍一堆美美的照片回来。"

雅琳不停地幻想着自己的计划，像个小孩。其实雅琳就是个不谙世事的孩子，只是因为从小被宠惯了，所以总是任性。其实她被保护得太好，对这个世界的认知太少，总是活在自己的糖果色的梦中，温馨的，甜蜜的，幸福的；而这个世界里，没有坏人，没有罪恶，只有父母和泽洋。

离出发的时间越近，雅琳就越兴奋，几乎睡不着觉。每天晚上都要和泽洋大谈马尔代夫，几乎把行程里每一个细节都安排得妥妥当当。泽洋一般只是点头，对于雅琳的安排，他没有任何异议。本来这趟旅行就是为雅琳准备的，一切自然由她安排。

这个城市依然阴郁着，狂风没有停止肆虐。安翔开着车送高泽洋和雅琳去机场。计划已久，总算是要出发了，雅琳兴奋得像个孩子。心情，并没有受到狂风天气影响。

"对了钻戒，居然忘记了买钻戒！"快到机场，高泽洋才想起自己居然忘记了准备钻戒，雅琳的生日就在今天，过了今天似乎就失去意义了："安翔，停车！"高泽洋冲安翔喊道。

"亲爱的，怎么了？"雅琳睁着大眼睛看着高泽洋，疑惑地问。

　　高泽洋宠溺地看着雅琳："亲爱的，先让安翔送你去机场，你在机场等我。我忘记了一件很重要的东西，我现在回去，马上就来机场找你！"

　　看高泽洋要下车，雅琳忙挽住高泽洋的手："什么东西那么重要呀？你看都快到了，马上就登机了，到时候来不及怎么办？你就别回去了。"雅琳撒娇地说道。

　　高泽洋转头笑着摸摸雅琳的头："乖，是惊喜，放心，我一定会赶上航班的。"说着，下了车，拦了辆的士，上了车。雅琳看着反光镜，内心微微地失落。雅琳很不希望到这个时候还出什么意外，但是高泽洋既然说是给自己准备惊喜，于是心里有仿佛生出了一丝隐隐的期待："安翔，走吧！"

　　安翔启动引擎，微笑着："雅琳小姐，高总一定在准备给你的生日礼物呢！说不定就是求婚钻戒哦！"

　　听到安翔这么说，雅琳的内心又升起一股甜蜜来。安翔说的，雅琳并不是没有想过，甚至在心里，早已有了这样的预感。都说女人的第六感是最准的，更何况雅琳又是这么敏感的女人。

　　泽洋终于要向自己求婚了，雅琳兴奋地想着。以前就听高泽洋说过无数次，等做上了总经理，他们就结婚。而从高泽洋真正坐上总经理的位置那天起，雅琳早已幻想着，期待着高泽洋向自己求婚的场景。

　　但是，她没有想到的是，高泽洋居然细心地安排在自己生日这一天，并且还是在自己最喜欢的马尔代夫。

　　"雅琳小姐，到了！"安翔将车子停在机场门口，转头对雅

琳说。打断了雅琳的美好遐想。此时雅琳才回过神来。安翔下车为雅琳开了车门，又将行李箱从后备箱提下来放到雅琳的身边，才开车离去。

下了车，高泽洋就急切地冲进珠宝店，细心地挑选起了钻戒。

"先生，你好，请问有什么需要？"销售小姐热情地笑着，迎了上来。高泽洋刚想说话，电话响了起来。陌生的号码。高泽洋看着手机，觉得这个号码很熟悉，于是接起了电话。

电话是医院打来的："高先生，你现在赶紧来一趟医院，你带来的病人又失踪了！因为在小雨住院的时候，留下的家属名字和电话是您的，我们只能联系您。"

2

"小雨！"高泽洋立刻冲出珠宝店，拦下辆出租车奔向医院。阴郁的天似乎在预示着一场狂风暴雨，让人的心情莫名的压抑。

高泽洋到医院的时候，安承夜和吴深秋都在。

"什么情况？你们两个人看着她，她怎么会失踪呢？"高泽洋的情绪有些激动，居然将雅琳和机场以及马尔代夫完全抛到了脑后。

安承夜一脸自责，吴深秋满眼懊恼。安承夜自责自己没能陪在小雨身边，吴深秋懊恼自己和小雨睡在一个房间里，却不知道她起身离开。昨天夜里，小雨又一个人离开了医院，而且还是特意趁吴深秋睡着之后。走的时候，什么线索都没留下。

"你们得赶快把病人找回来，她刚做完大手术，怎么可以到处乱跑呢？哎，现在的年轻人怎么都这么不爱惜自己。"是那个女大夫，冲着高泽洋埋怨道。小雨再次失踪，她也十分着急。记得上次失踪的时候，回来时却成了那个样子。当时小雨手腕上的血触目惊心。而这次失踪，谁都不知道小雨能干出什么事来："现在的小孩怎么就让人那么不省心呢？"女大夫皱着眉头叹息着。

"走，我们去她家看看。"高泽洋一语惊醒梦中人。于是三个人拦下一辆出租车，直奔小雨的家。

路上，三个人都不说话，只有窗外疾驶而过的风，带着刺骨的凉。就在这时，高泽洋的短信来了。是雅琳发来的。

"亲爱的，回来了吗？登机了。"

高泽洋这才想起在机场等候自己的雅琳。眉头微微一皱，犹豫了一下，回复："亲爱的，对不起，出了点状况，我不能陪你旅行了，下次，我一定好好补偿你。"

安承夜一直催着司机加快车速，他真的害怕小雨和上次一样做了什么傻事，万一自己晚到一步，就完了。

雅琳很快回了信息："这就是你给我安排的惊喜？高泽洋，为什么你总是一次次食言，一次次地毁约。明明是我们说好的，去马尔代夫明明是你提议的。为什么你总是做不到？"

高泽洋看着短信顿时陷入了矛盾中。

一边是随时都有可能做傻事而失去生命的小雨，一边是自己岌岌可危的爱情。就在这时，司机一脚踩下刹车。到了。

安承夜丢下钱就下了车。高泽洋见状也来不及思考了，连忙下车跟着安承夜和吴深秋跑上楼。

上次被踹坏的门好像已经修好了。

"小雨，小雨你开开门。"安承夜用力地拍着门喊着。然而，如同上次一般，回应他们的，只有死一般的沉寂。

"喂喂喂，你们是住在这的人的朋友？"

转头一看。是个瘦瘦的女人，几乎可以用骨瘦如柴来形容。她眼睛很小，嘴巴很薄，一看就知道是个刻薄的女人。她一边吐着瓜子皮一边问。看安承夜他们奇怪地盯着自己看，那女人又说："我是这儿的房东，你们的朋友到底还住不住，不住趁早给我退了，我还要租给别人呢。上次这门被踹坏了，我修门还花了一百多，你们朋友呢？什么时候把钱还我？"

女人滔滔不绝地唠叨着。

"房东太太，你先把这门开开，我们也在找她。"高泽洋见是房东太太，忙礼貌地说道。

刻薄的女人用眼角瞥了一眼高泽洋，一脸不屑地说道："你们说让我把门开了我就开了呀？我知道你们是谁呀，万一你们是小偷，我可负不起这责任。"说着，吐出一颗瓜子壳。

吴深秋怒了，再也没耐心和这个烦人的女人纠缠下去："你想有人死在这房子里你就别开！"吴深秋一句怒吼把房东给振住了。女人愣愣地盯着发怒的吴深秋看，像是被吓住了，骂骂咧咧地掏出钥匙开了门。

3

门一开，三个人就迫不及待地冲进了屋。屋里一片狼藉。一盆纸灰还原封不动，那被烧毁的床单还像死尸一样挂在床边。里面的东西一点都没动，不像是有人来拿过行李或者整理过的样子。看到房间里空无一人，高泽洋，安承夜、吴深秋的心也跟着空了一块似的。

"哟，我说，你朋友在房间里干吗呢？谁死了得在这房间里烧纸钱？要是把我这房子烧了，她赔得起吗她？"房东太太看着一片狼藉的屋子，气愤地吐出刻薄的字眼。

"你再说一句试试？"吴深秋拍着桌子冲房东吼道。没找到人就已经让吴深秋很不爽了，现在这个女人还唧唧歪歪叨叨唠唠地，吴深秋哪有那个容忍度。

"本来就是……"房东的气势马上就被吴深秋的愤怒给压了下去，又不示弱，只是小声地嘀咕着。

看到没人，三个人开始猜测小雨去了哪里。

"她会不会去找瑾瑜了吧？"安承夜第一个看到床头的照片，那是瑾瑜和小雨的合照。小雨躲在瑾瑜的怀里，甜美地笑着。高泽洋拿过安承夜手中的照片，原来，他就是瑾瑜。的确，是个帅气的男孩儿。

"不可能，她刚从瑾瑜那回来，上次没等到瑾瑜再加上瑾瑜的食言，她怎么可能还会去？结果不是一样吗？"高泽洋分析道。

听高泽洋说，安承夜也觉得有理，点点头："那她会去哪？"

安承夜疑惑地问。

吴深秋突然想到了小雨让他帮忙找瑾瑜的事："不，很有可能。小雨让我帮忙找过瑾瑜的地址。我一酒吧的朋友把瑾瑜的地址发我手机上了。"

小雨真的去找瑾瑜了。

高泽洋顿时觉得天都塌下来了。如果可以，他真想将小雨狠狠地揍一顿。瑾瑜都那样对她了，她居然还那么傻，还要一次次地去揭自己的伤疤。

"就算找到瑾瑜又怎么样？瑾瑜这混蛋根本就不爱小雨了，她去找他究竟为了什么？"高泽洋气恼地说道。

是呀，小雨去找瑾瑜究竟为了什么？难道还傻傻地希望瑾瑜能够回头？三个男人顿时都沉默了。沮丧地下了楼。身后还传来房东尖锐的声音："找到她让她回来赔我钱！"

"把瑾瑜的地址给我，我去找她。"高泽洋问吴深秋要地址。为了这次雅琳的生日，自己已经请了一个星期的假，既然去不成马尔代夫，就去找小雨吧。就在这时，雅琳的短信又一次发了进来。"泽洋，我知道你真的不爱我了，你从来就没对我这么冷漠过。可是，你知道吗？我的世界里，你就是我的全部。如果你离开我，我活着还有什么意义？你要抛弃我，干脆杀了我。"

雅琳的话，字字决绝，字字如尖刀。泽洋看着短信，内心猛的升起一股内疚来。以前雅琳再怎么哭怎么闹，但是从来没有说过这样的话。泽洋知道，自己是真的伤了雅琳的心，

他赶紧给雅琳回短信："亲爱的，你在哪，我没有要抛弃你，

我现在马上就过来找你！"他知道，如果他不出现，也许雅琳真的会做出什么傻事来。他太了解雅琳，她从小被宠着长大，从没有受过这样的打击和委屈。

"对不起，我女朋友出了状况，我不能去找小雨了。"泽洋对安承夜说。

4

安承夜这才舒心地点了点头："如果你为了小雨而伤害你的女朋友，那么，你和瑾瑜又有什么差别？"安承夜简短的一句话让高泽洋怔在原地。是呀，如果自己一次次伤害雅琳，就算自己有足够的理由，可是，这样的自己跟瑾瑜又有什么区别呢？

"谢谢你提醒我。"高泽洋笑着对安承夜说。

高泽洋开始怀疑自己的心。一直以来，他的重心一直是雅琳，而现在，却因为小雨而一次一次伤害了雅琳。是自己变心了吗？真的像雅琳所说的，自己已经不再爱她了吗？或许，是因为雅琳一直以来，表现得太过乖巧，太过温顺，所以，高泽洋一直没有那么重视过雅琳的伤心难过。

就像小孩子的哭闹，只要高泽洋给颗糖，雅琳就会乖乖听话，不哭不闹。可高泽洋一直以来，都习惯了温顺的雅琳，却忘记了雅琳之所以会这样，全是因为对自己的爱。

而自己对小雨呢？同情，可怜？还是别的？高泽洋不知道。

良久，没有收到雅琳的回复。高泽洋不安起来，连忙打电话过

去。可是，回复是关机。高泽洋慌了。

"还是我去吧，你得上课，请假肯定是不行的。我反正没事干。闲着也是闲着。"吴深秋拍拍安承夜的肩膀。

安承夜无奈地点点头。没想到，这样的关头，自己还是什么都做不了。但是，吴深秋去远比高泽洋去让安承夜放心的多。至少，吴深秋不会是自己的情敌。高泽洋的表现，已经完完全全地透露了他的内心。

吴深秋一个人去了车站。瑾瑜在一个小城镇，飞机不能直达，于是吴深秋选择了能够直达的动车。吴深秋希望自己能够在小雨之前到达，这样就可以阻止小雨去做没有尊严也没有意义的挽回。

小雨的确就在赶往瑾瑜那座的城市的火车上。从她趁着吴深秋熟睡时看到了瑾瑜的地址，就再也按捺不住自己。她没有办法假装没事，她没办法假装自己不在意。

这是小雨第二次坐上这趟火车，目的依然是瑾瑜。上一次是漫无目的的，这一次小雨的心是明朗的，至少自己半夜离开医院前，偷看了深秋的手机，找到了潇潇发来的地址，并且记下了。这一趟不再是没有目的的漂泊，有一个明确的地点。就算瑾瑜不出现，自己也有个目的地。

小雨不知道自己为什么还要去一趟那个伤心的城市，明明已经在那一天一夜里彻底地绝望了，现在又是什么心情？是不甘心？还是要完成一场未完成的仪式？或者，只是要一个解释，还是心存着一丝丝的侥幸？

或许都有吧，如果瑾瑜能够回头，自然是美好的。可是，如果结果是坏的，那么她也想要一个理由，瑾瑜离开她的理由。哪怕理由只是因为他爱上了安琪，或者他不再爱自己，小雨也要亲耳听到，才会死心。明明是往自己的伤口撒盐的事，小雨却做得义无反顾。

窗外的风景很美，美得很凄凉。这一次出发的时候，天没下雨，反而是漫天的星辰。这是不是预示着，这一趟，会是美满的一趟奔波？哪怕是自欺欺人的想法，可终究还是让小雨觉得安慰。

车厢里的空气很浑浊，有着形形色色奔波中的人。那一张张不同的脸孔，迷茫的，疲惫的，低沉的，兴奋的，和善的，都让小雨觉得亲切。

吴深秋坐在车厢里却是满脑子的谩骂，小雨简直是"笨蛋"、"白痴"、"蠢货"、"傻瓜"，他就是想不通，世界上怎么会有这样的白痴，为一个不值得付出的人付出这么多。遍体鳞伤了还不知道心疼自己。

5

机场里人来人往，高泽洋找遍了整个机场，却没有找到雅琳的身影，打电话也一直处于关机的状态。高泽洋站在机场中央，一种失落感狠狠袭击而来。雅琳究竟去了哪儿？雅琳的温顺和乖巧，让自己越来越忽略了这样一个乖巧的小尾巴。可是这一次，高泽洋知道，雅琳真的伤了心。

"难道雅琳一个人去了马尔代夫？"高泽洋想着。可是仔细一

借我一寸微光

想，又极力否认着："不可能的，雅琳说过，马尔代夫是个浪漫的地方，一定要和心爱的人一起去才有意义。"

那雅琳又能去哪儿呢？

高泽洋的脑子里充满了混沌的画面。各种假设填满了他的思维。雅琳如果想不开做傻事了？雅琳永远都不想再见到自己了？或者，雅琳一赌气和别人一起去了马尔代夫，如果这样，如果雅琳遇到了危险，谁来救她？

一想到这儿，高泽洋的心第一次这么疼痛、害怕。他害怕雅琳受到伤害。

高泽洋不断地拨着雅琳的号码。关机，关机，还是关机。一次次的关机提示已经让高泽洋的耳朵麻木。

雅琳究竟会去哪儿，他不知道。这个城市里，他真的想不到雅琳还能去哪。

偌大的机场，人来人往。

"难道她回家了？"这样的想法一冒出。高泽洋便毫不犹豫地拦下出租车往家里赶。他希望雅琳只是生气，赌气回了家。哪怕待会儿见到自己，大哭大闹，甚至是打骂自己，他都无所谓，什么惩罚他都愿意承受。他现在只想找到雅琳，确定她是安全的。

推开家门，客厅里空荡荡的。只能听到自己的脚步声。高泽洋又怀着最后的希望跑上楼，推开房间的门，还是空无一人。

高泽洋的心还在猛烈快速地跳动着，呼吸有些重。高泽洋沮丧地坐在床上，无所适从。他不知道自己该怎么办，也不知道自己该去哪里找回雅琳。他掏出手机，翻看着雅琳给自己的短信。

　　每一个字，都那么的伤心欲绝，可是自己却置之不理。到底是怎么了？高泽洋问自己，却找不到答案。他不知道自己为什么听到小雨失踪了就疯了一般地去了医院，不知道为什么看到雅琳的短信却无法体会雅琳的伤心，而一心想着小雨的安危。

　　"你这样和瑾瑜有什么区别？"安承夜的话再次回旋在脑海里。是呀，高泽洋你这个王八蛋，你这样和瑾瑜有什么区别？

　　"可能雅琳只是不开心，散心去了，等心情好了，或者累了，就会回来！"高泽洋这样想着，决定在家里等雅琳。时间一分一秒地过去，一转眼，竟然过去了一下午。等了一个下午也没等到雅琳回来，希望再一次破灭。

　　高泽洋真的慌了。雅琳，堂堂房地产公司的大小姐，却不顾一切反对地跟随着自己。雅琳是任性的，任性地选择了自己，可是自己呢？

　　高泽洋再也坐不住了。他拿起车钥匙，走出门，开着车满大街漫无目的地寻找雅琳。迷茫，失落，担心，懊悔。各种各样不好的情绪全面压来。回想起来，之前的工作，总是没完没了地出差，留在家陪雅琳的时间不多。终于升职到了总经理的位置，可以不用到处跑的时候，却还是因为小雨而迷失了自己的感情，再一次重重地伤害了雅琳。高泽洋满脑子的悔恨。

　　夜晚的霓虹灯很绚烂，却让高泽洋觉得麻木。

6

高泽洋停下车。车子刚好停在一间名叫"蓝色"的酒吧门口。

高泽洋找不到雅琳,无比烦躁。他走进酒吧。顿时被酒吧里暧昧的气氛所包围。扭动人群,混杂的香水味,震得地板都在动的强劲音乐,还有那激情的 DJ 不断发出的尖叫。

高泽洋要了一瓶伏特加,一个人坐在角落里安静地喝着,仿佛这里的热闹和喧嚣都已与他无关。他累了,他无助了,他内心的苦闷只有自己知道。他只想喝醉,只希望让自己好好睡一觉,希望醒来的时候,雅琳就回来了。

全场灯光突然暗了下来,Dancer 上台,音乐响起。Dancer 在钢管上游刃有余,像只鱼,找到了自己的海洋,然后快乐地摆动尾巴,欢快地游动。

底下欢呼声和掌声还有口哨声同时响起,此起彼伏。Dancer 有一双冷艳的眼睛,被浓妆掩饰着。她像个高傲的公主,谁都不愿看,只是尽情地舞着。妖娆的身姿,水蛇一样的腰,蠕动着,尽显风情。

略有醉意的高泽洋抬起头看了 dancer 一眼,嘴角莫名其妙、没来由地浮起一丝笑意,将杯中酒一饮而尽。

一支舞过后,dancer 就下了台,灯光也跟着暗了下来。人群依旧嘈杂,很多人涌上舞池,奇形怪状地扭动着,跳着风格迥异的舞蹈。高泽洋在酒精的作用下,视线里的一切渐渐变得不清晰,犹如进入一个五彩的梦境。

高泽洋再次拿出手机拨打雅琳的号码。在强烈的乐声里,他听到听筒里的回应还是那一成不变的"关机"。女客服的声音变得空旷而迷离，像从遥远的天际飘来。

高泽洋将手机从耳边拿下来，埋着头，一会又抬起头，继续喝着杯中的烈酒。

"先生，一个人吗？"那是很遥远的声音，像刚才客服的声音一样从天际飘来。

高泽洋抬起迷离的眼睛，他看到的，是刚刚还在台上风情万种的那个 dancer。高泽洋有一丝惊讶，随后又黯淡了下去，沉默表示默认。那一双在浓妆下冷艳的眼睛，高泽洋竟然有一丝错觉觉得眼前的女人是雅琳。

Dancer 很自然地坐到了高泽洋的身边，拿着手中的酒杯轻轻撞了高泽洋的酒杯，然后仰头喝下："为情所困？"dancer 看着高泽洋淡淡地笑着。那笑容很浅，似乎是看淡了一切之后浮起的无所谓的笑。

"有些东西，是不是错过了一次，连弥补的机会都没有了？"高泽洋端起酒喝了一口，转过头问身边的陌生女人。

"是。"dancer 依然迷人地笑着，红艳的唇里轻轻吐出一个让人绝望的字。然后，她端起酒杯，起身离开："我那边有朋友，先走了。"说着头也不回地离开了。高泽洋看着她离开的背影，一直到她消失在人群里。

"是！"高泽洋重复着女人的回答。那么肯定，那么决绝，连一丝探讨的余地都没有。如果这个问题问雅琳，雅琳会不会也是同样的回答呢？想到这，高泽洋又苦笑着喝下一口酒。当然是这个答案，现在的雅琳，用行动回答了自己的这个问题，不是吗？

7

安承夜被困在教室里。出于对小雨的担心，老师讲的课在他眼里变成了无趣的演说，尽管老师声情并茂，可是安承夜还是无心去听。他时不时地看手机，从吴深秋出发起就一直重复这样的动作——把屏幕按亮，看到没有消息，又看着手机慢慢变暗。只因为吴深秋走的时候，和他说好，有情况随时联系。吴深秋也答应，一找到小雨就发消息给他，让他第一时间知道小雨的情况。

然而，到现在吴深秋都没给自己回复。安承夜心急如焚。

小雨没有一丝疲惫，一直望着窗外的风景，一直到天色暗了下来。远方的灯亮起，照亮一根又一根孤独的电线杆。

车一停，火车里的人纷纷涌出，小雨随着人群推动走出了窄窄的车厢。她在车站旁的快餐店随意吃了点东西，就上了一辆等在出站口的出租车，对司机说出那个烂熟于心的地址。

出租车慢慢行驶进平房区，直到前面是一条看不到头的胡同："到了，就是这里，车开不进胡同里，你走一段路就到了。"

"好，谢谢！"小雨付了车钱下了车，走进那深深的胡同里。

"一定就在这附近，瑾瑜一定就在这儿。"小雨看着门牌号，从九十七一直找到了一百七十七。终于，找到了地址里的门牌号。

这是一座老房子，有一个大铁门，锈迹斑斑的铁门里有一个老院子。小雨透过大铁门上宽宽的门缝往里看。院子里，一个女人背对着自己坐在那洗衣服。小雨刚想敲门询问，只见那个女人站起了身，走进屋里，拿了什么东西，又走了出来。

"安琪……"小雨险些喊出声。她怎么也没想到，那个女孩是安琪，挺着大肚子，至少已有五个月。小雨愣在门口，不敢相信自己所看到的一切。安琪居然怀孕了，是瑾瑜的孩子吗？是因为这个，所以瑾瑜才带着安琪走？才不理会等在火车站的自己？想着，小雨的内心泛起一股莫名的酸楚。

就在这时，瑾瑜也从屋子里走了出来，递给安琪一件 T 桖。瑾瑜，小雨终于又看到了这张熟悉而陌生的脸孔。瑾瑜瘦了，也黑了，脸上满是疲倦。

"这个月房租马上就要交了，还有，米也快没了，你自己看着办。"安琪的语气里充满了埋怨。手中不停地搓着衣服，甚至没有抬头看瑾瑜一眼。

瑾瑜站在旁边，轻轻"哦"了一声。

这个反应似乎让安琪很不满，安琪忍无可忍地将手里的衣服一砸，站起身来："你除了说哦你还会说什么？钱呢？你倒是给我拿钱来呀？"

瑾瑜也怒了："你有完没完？我想办法就是了。"

"你想办法？哪次你有办法，我那些姐妹我都已经借遍了，你脸皮厚你再去借，我这辈子怎么就跟了你这个废物。"安琪骂骂咧咧地说着瑾瑜的不是，瑾瑜却站在旁边一言不发，没有反驳，任由安琪嘴里蹦出一个又一个难听的字眼。

小雨站在门口看着这一切。她怎么也没想到，瑾瑜竟然窘迫到这个地步。而安琪，这个曾经灿烂的女孩，如今却对生活，对瑾瑜充满了抱怨，像个结婚多年的更年期妇女，脸上早已没了美好的笑

容。曾经时尚的模样，现在从她身上一点都找不到。

　　小雨愣在门口，看着瑾瑜和安琪的争吵，眼泪轻轻地落了下来。这不是她想看到的。

　　眼前的一切，我该去打扰吗？还去质问瑾瑜和安琪吗？小雨问自己。院子里的争吵还在继续，争吵声透过宽宽的门缝传出来，那么清晰，每一个字眼都钻进了小雨的耳朵里。

　　只听"啪"一声，瑾瑜宽大有力的手掌狠狠地落在了安琪的脸上。安琪捂着脸终于沉默了，小声地抽泣起来，继续拿起盆里的衣服漫不经心地搓着。小雨呆愣在门口，眼前的瑾瑜让她难以置信，这也是她从未见过的样子。那个温柔的瑾瑜，那个满嘴海誓山盟的瑾瑜，居然动手打起了身边最亲近的人。

　　小雨觉得世界塌了一般，这一切，怎么就变成了现在这般模样？如今，究竟是自己更悲惨，还是他们更悲惨？究竟是自己最委屈还是安琪最委屈？小雨开始质问自己，如果当时瑾瑜没有抛弃自己，那么自己又是否会变成现在的安琪。

　　眼前的改变让小雨难以接受。她的脑海里还清晰地记得安琪甜甜地喊着自己姐姐的模样，甚至还记得瑾瑜对自己说过的温柔的情话。一切，怎么就变成了这番模样？

　　小雨突然就没了刚过来时候满心的希冀。本是来兴师问罪的，可现在罪犯就在眼前，她却没了勇气。小雨转过身，像没有灵魂的行尸，慢慢走出这条深不见底的胡同。她不停地流着泪在想，自己奋不顾身来这里找瑾瑜，就是为了看到现在这样的结果吗？好像看到瑾瑜和安琪过得不好，小雨也没有觉得自己开心。

　　她似乎找到了答案，一切的一切变得明朗了起来。当初的离开，和后来的食言，是因为安琪怀孕了。看样子，应该是要生下这个孩子，又或者是，他没有钱，他甚至买不起火车票。

　　然而，她又不甘起来，委屈像海浪一样铺天盖地地袭来。为什么安琪有了瑾瑜的孩子，她可以那么坚定地要下这个孩子，而自己怀孕的结果却只是让自己再也没有了做妈妈的权利。

　　小雨终于绕出了这深不见底的胡同。她缓缓抬起头看着天，天是暗的，夜幕即将降临，和小雨的心情一样，灰色一片。

8

　　"小雨来这里了吗？"吴深秋找到瑾瑜家的时候，安琪正在做饭。房间里飘满了油烟，像冬日雪白的雾气。吴深秋敲门，瑾瑜开了门。四目相对，瑾瑜很是震惊。他没有想到，这个没有深交的朋友，会找到这种地方来，来得有些突然，像骤降的雨。

　　吴深秋见到瑾瑜，急切地问："小雨来这里了吗？"

　　听到小雨这个名字，安琪像被雷击了一般，手中的铲子"哐当"一声掉在了地上。她连忙艰难地弯下腰捡起铲子，放到水龙头下面冲洗。

　　听到吴深秋的话，瑾瑜吃惊地愣在原地："什么？她来找我？没有呀？"

　　看到挺着大肚子的安琪，吴深秋眉头微微一皱："哦，打扰了！"吴深秋说着，转身就离开了。他要去找小雨，虽然他不知道

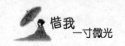

小雨在哪儿。但是他一定要找到她。吴深秋给安承夜发消息："小雨没有去找瑾瑜，现在不知到哪里去了。"

此时的安承夜正在学校食堂有一口没一口地边盯着手机边吃晚饭。看到短信，他丢下筷子站了起来。小雨没有去找瑾瑜，那她会去哪？不安感像乌云一样笼罩过来，让安承夜彻底没了吃饭的心情和胃口。

"既然没有去找瑾瑜，那就是说，小雨可能还在这个城市！"安承夜这样想着，便溜出校门。

大街上街灯已经全部亮起。安承夜跑出来，却不知道该去哪儿。他只是不想放过任何一个可能，他害怕小雨再次受伤害或者自己伤害自己。上一次推开门的画面触目惊心，他觉得自己再也承受不起小雨受伤害而带来的痛。

安承夜漫无目的地寻找小雨，虽然小雨的手机总是关机，但是安承夜还是不死心地一遍遍地拨那个号码。

"老情人失踪了，你不去找找吗？"餐桌上，安琪突然冒出这样一句话。小雨永远是安琪心中的一颗不定时炸弹，永远横在她和瑾瑜中间。任何风吹草动，就是一阵大爆炸。瑾瑜是安琪从小雨手中抢过来的，到现在她都不知道自己生下这个孩子，自己忍受窘迫到底是不是只是为了赢得这场三角恋的胜利。

"你有完没完？"瑾瑜将筷子狠狠地扔在餐桌上，顿时胃口全失。他知道，从吴深秋说出小雨这个名字的时候，这场暴风雨就是不可避免的。安琪是个敏感的人，他们之间，因为小雨已经吵过了无数的架。这一切的一切，让瑾瑜觉得厌烦和疲倦。

"什么我有完没完？人家都找上门了你问我有完没完？"安琪站起身来，一脸怒色。瑾瑜看着她的表情，终于忍无可忍："你简直不可理喻！"说着，狠狠地摔门出去。

安琪看着瑾瑜夺门而出，眼泪顷刻间就不受控制地掉了下来。女孩的泪是珍珠，可是，安琪却觉得自己的眼泪那么那么的廉价，那么那么的不值钱，换不来瑾瑜的一句安慰。哪怕瑾瑜只是哄哄自己，她也会心满意足。可是没有，什么都没有，窄小的出租屋，简陋的房间，满满的争吵，满满的怨念。

一切的一切让安琪怀疑自己，怀疑瑾瑜。真的是爱吗？还是只是纯粹的互相依赖着生存。安琪从房间里追出去，可是，走到胡同口，也没见到瑾瑜的身影。她知道，瑾瑜去找小雨了。他的心仿佛裂开了一道口子，瞬间灌进了满满的不安，愤怒，不甘心，还有那从始至终没有消失过的委屈。

9

瑾瑜边狠狠地抽着烟，边走出胡同，走出家门。也许，刚刚安琪的无理取闹正好给了瑾瑜一个出门寻找小雨的机会。从知道小雨来找自己的那一刻，瑾瑜的心就从未平静过。他知道，小雨一定来了。

天空下起了冰凉的小雨，然后慢慢变大，像一场哭泣，像小雨的哭泣。这是一场循序渐进的悲伤，早就埋好了伏笔，做好了铺垫。

　　雨越下越大，淋湿了瑾瑜的头发。他再也无法故作悠闲地继续逛了，赶紧跑到离自己最近的便利店门口躲雨。冬天的雨真是让人心生厌恶，不仅出门麻烦，还总是带着透骨的冷。

　　瑾瑜紧了紧外套，从口袋里摸出烟盒里的最后一支香烟为自己点上。看着眼前没有节制的雨水，他有些茫然失措。嘴里吐出的烟雾，迷离了自己的眼睛，却让他看清了自己的内心。仿佛从未如此清醒。亦或者是从没有一个空间让他好好整理自己乱麻一般纠缠的感情和思绪，但是，此时的他却无比冷静。

　　对于小雨，依然爱着吧，可是当初的自己又怎么会背叛小雨而跟安琪在一起呢？

　　想到这个问题，除了懊恼和悔恨，瑾瑜甚至还有一丝茫然。但是很快，思绪又被拉回。他想起了安琪，安琪肚子里的孩子，以及当时发现怀孕的时候安琪坚持要生下孩子的强硬态度。

　　是的，这一切的一切，都不允许他对小雨有任何的留恋。此时，他有一种想抽自己几巴掌的冲动。他亏欠小雨，同时也亏欠安琪，他第一次认识到自己是这么这么的失败。

　　知道安琪怀孕的时候，瑾瑜的第一个想法居然是他想要这个孩子，所以才那么精心地策划了那样一场抛弃。瑾瑜看着眼前的雨水，烟已抽完，燃烧的烟头被丢弃到雨水里，瞬间熄灭。

　　"如果当时就知道不仅安琪怀孕了，小雨也怀孕的话，自己会做什么样的选择？"此时此刻瑾瑜脑子里想着，似乎这样的假设已然成为事实。可是他却没有机会那么认真、那么忠于内心地做一次选择，因为现实已经是这番乱七八糟的模样。

瑾瑜知道，他亏欠小雨的永远也无法偿还。小雨为自己怀孕的时候，自己却带着别的女人逃跑了。小雨奄奄一息地等在火车站的时候，自己却选择了逃避。小雨躺在手术台上生死一线的时候，明明答应了去看她却因为路费的原因而没有去成。

瑾瑜觉得自己是世界上最失败的男人，一无是处，还同时伤害和辜负着两个女人，他每天都陷在深深的自责里。可是，他不能露出一丝痕迹让安琪有所察觉，否则，引来的只会是争吵。他厌倦了安琪总是因为小雨任何一点消息而情绪失控，不断争吵。他想要逃，逃离让自己头疼的一切。可是，他无法逃，一切的一切，就像大山一样压着他几近窒息。

想起来真是讽刺。自己借用要对安琪和她肚子里的孩子负责为借口好让自己对小雨的背叛变得心安理得些。可是，现在理清思绪之后，他却发现自己从来都是爱着小雨的。此时此刻，他只关心小雨到底在哪里。

他确定，小雨一定在这个城市。这是一个小雨完全陌生的城市，没有朋友更不可能有认识的人也没有小雨必然会去的地方。越是这样想，对小雨的担忧就多一分。

10

雨根本没有要停下来的意思，反而越下越放肆，将瑾瑜困在这个窄小的屋檐下。他的耐心在慢慢流失，再也等不住了。等到雨停再去找，小雨危险的可能性就多加一分。瑾瑜想冲进大雨里，可是

他又在反问自己，小雨会去哪儿，我又要去哪里找小雨。

就在这时，手机短信提示响了起来。瑾瑜拿出手机，点击查看，是安琪的短信。

"我知道你去找小雨了，我也知道你还爱着小雨。但是，从你离开到现在，你脑子里有一丝对我的担心吗？小雨有她的朋友，我呢？我什么都没有了，瑾瑜，不要丢下我，我只有你了。"

瑾瑜看着安琪的一字一句，仿佛清晰地感觉到内心最深处的柔软被轻触了一下。是的，除了自己，安琪还拥有什么呢？瑾瑜抬起头看雨线，那么多的伞，那么多的人来人往，瑾瑜陷入了前所未有的挣扎里。这是一种极度矛盾的心理。他担心着小雨，却又为自己的担心而对安琪有着罪恶感。

但是瑾瑜知道，自己爱的天平，此时此刻是倾向于小雨的。因为这是一个小雨陌生的城市，因为此时的小雨不知在哪里，因为天空下着一场冰凉的大雨。

瑾瑜拿出手机，输入一串号码。这是小雨的手机号码，因为安琪的原因，瑾瑜在自己的通讯录名单里早已删了小雨这个联系人，但是这一串数字，瑾瑜烂熟于心。一直以来，瑾瑜没有勇气去面对这个号码，之前没有接的勇气，更别说主动拨打。

"对不起，你所拨打的电话已关机，请稍后再拨。"手机里传来客服的声音，小雨的手机毫无意外地关机了。

看来，老天已经为他做出了选择。是的，寻找小雨仿佛大海捞针一般。更何况，就算找到了小雨，自己能做什么？能说什么？问好？还是抛弃了安琪不顾一切地跟小雨在一起？

　　小雨失去了孩子，失去了做母亲的权利，这些承受了的痛瑾瑜知道自己无法改变也无法补偿，难道要让安琪也承受一次吗？

　　没有打通的电话，却让瑾瑜一瞬间想明白了许多东西。眼前的一切，早已跟爱不爱无关，而是责任，是承受。

　　瑾瑜将手机收进口袋，朝家的方向走去。大雨淋湿他的头发，将他的脑子冲洗得愈加清醒，仿佛一瞬间长大，懂得了责任的意义。他早已过了不顾一切的年纪了不是吗？

　　远远地，他看到安琪站在胡同口看着自己。烟雨里的安琪，有些狼狈，没有打伞，衣服头发也已经湿透，手中握着的手机已经开始滴水。

　　瑾瑜的内心突然被愧疚填满。他慢慢靠近安琪，看到安琪的眼睛已经通红，眼泪早已和雨水混成一团。

　　"啪"一个耳光让瑾瑜猝不及防。那一秒，瑾瑜有些愤怒。可是转过头再看到安琪狼狈的脸的时候，瑾瑜所有的怒火顿时降到了冰点。他没有资格愤怒，他没有资格有任何的怨言。瑾瑜拉起安琪的手："外面冷，回家换件衣服。"

　　安琪一把甩开了瑾瑜的手："是不是我不给你发短信，你就不会回来，是不是就要这样丢下我，然后带着你的小雨一起开心快乐？瑾瑜你他妈的混蛋！"

　　本想反驳，可瑾瑜却一句话也说不出来。他承认他动过这样的念头，从知道小雨来找自己那一刻开始，从意识到自己还爱小雨那一刻开始，他真的想过就此不顾一切地跟小雨在一起。但是，那也只是一个纯粹的念头，敢想不敢做的念头。

　　"你看你衣服都湿了，走，回家换衣服。"瑾瑜的声音依然平静着。

　　安琪终于再也控制不住自己的情绪，大声地哭了出来。她仿佛受尽了天地间所有的委屈，只能靠哭来宣泄。

<h1 style="text-align:center">11</h1>

　　雨水已经淋透了小雨瘦弱的身体，也淋透了小雨的每一丝头发。雨水顺着脸颊流下来，混淆着眼泪。小雨不知道自己走到了哪儿，似乎是迷路了，陌生的街头总让人觉得无助。

　　身体被雨水洗得冰凉，小雨感觉自己的脸已经被冻得麻木了。那是眼泪和雨水一块洗过后的感觉。刺骨的风有些像刀子，在她的脸上，在她的心上划了一刀又一刀。

　　小雨努力用双手抱紧自己。她觉得冷，觉得自己在发抖，上下牙齿在不受控制地打架。茫然地走在街头，身边是一张张陌生的脸，陌生的风景。大家都匆匆忙忙的样子，没有人注意到她在雨里哭了。偶尔有人好奇地打量她一眼，然后继续走自己的路。

　　今天，终于见到了梦寐以求的瑾瑜了。他瘦了，沧桑了，疲倦了，而安琪，她的模样变得让自己无法想象。至少她以为，当初他们一起抛弃了自己，他们应该互相爱着，幸福着，像神仙眷侣一般。因为这么想，所以自己一直不甘心，一直不平衡，一直躲在被背叛的阴影里对瑾瑜死抓着不放！

　　可是今天，自己看到了他们窘迫的样子，和自己的想象有天壤之别。本是来兴师问罪的，却连出现在他们面前的勇气都没有了。

虽然难过，虽然眼泪不受控制，可是小雨却觉得自己的心挣脱了束缚一般。对于瑾瑜，似乎没有了恨，也没有了爱。那是一种奇怪的平静感，解脱感，似乎是一场彻底的告别。原来自己一直执著寻找的，不是瑾瑜，而是一个答案；只是为了这样一种结束，一种让自己死心的结束。

瑾瑜，我不爱你了。因为我告诉自己，我已无法爱你。

陌生城市的陌生街头，天色已经渐渐暗了下来，街边孤独的路灯亮了。小雨有些无所适从，她唯一知道的是自己必须要先找个住的地方。

"聂小雨……"

小雨听到有人在喊自己的名字，可是她有些茫然，这个陌生的城市，谁会认识自己呢？

"聂小雨……"

有些熟悉的声音再一次响起，这次小雨确定自己没有听错，是有人在喊自己的名字。小雨转过身，朝声音的方向望去。

她竟然有一种想哭的冲动，至少她没有想到，秋会来找自己。秋并没有看到自己，而是用眼神拼命地在人群里搜索，然后不顾形象地大喊自己的名字。每喊一声，就会有人回头莫名其妙地看着他。可是他似乎完全没有顾忌。

小雨缓缓朝秋走过去。

"聂……"秋终于看到了小雨，愤怒仿佛瞬间被点燃："聂小雨你到底要折腾到什么时候？手机关机玩失踪，你觉得全世界的人

都吃饱了撑着闲得没事干陪你玩捉迷藏吗？"

小雨走到秋的面前，像个犯了错的孩子。她抬头看着秋的样子，秋狼狈的程度与自己不相上下。是的，秋也没有打伞，在大雨里寻找小雨，还要随时和安承夜保持联络，汇报情况。刘海衣服早已湿透，雨水顺着秋栗色的发尾往下流。

"天马上就要黑透了，秋，请求你一定要找到小雨。"安承夜的短信就在小雨准备道歉的时候发了过来。秋一只手狠狠抓着小雨的手腕生怕小雨再没了，另一只手给安承夜回电话："找到了，嗯，放心吧，好，好，我明天就带她回来。"

终于听到了好消息，安承夜悬着的心终于踏实地落了下来。安承夜想过要不要告诉高泽洋一声。可是，想起泽洋临走时的匆忙模样，安承夜知道，他不应该再打扰高泽洋。

小雨意识到了自己的错误。自己当时那么冲动，不顾一切地就跑了出来。这样的突然失踪，却从没有去考虑承夜哥哥会怎样，秋又会怎样。可是，这些关心着她的人，让这一刻的小雨感觉到了无比的温暖。

"你真是不识好歹，世界上就他妈的剩瑾瑜一个男人了吗？你有什么必要为了他这样？"秋的语气了充满了责备。这次小雨突然失踪，确实扰乱了大家的生活。

"秋，我找到我想要的答案了，我要的不是瑾瑜，真的，只是一个交代。"小雨看着秋，无比认真地说。小雨认真的表情让秋不忍责怪，甚至还有那么一丝怜惜。不可否认，为爱执著的女孩又有什么错呢？至少她们做了自己想做的，至少她们没给自己留遗憾。

“走吧！”秋的手一直没松开，拉着小雨的手走进一家还算豪华的酒店，要了一间双人间。

12

吴深秋将小雨带进 201 号房间，房间里的摆设以及环境与其他酒店并无太大的区别。吴深秋之所以只开一个房间，是要随时随地地看到她，才安心，也才能给自己最好的兄弟一个交代。

可是看到小雨像刚被捞上来的落汤鸡的模样，他说：“你给我乖乖呆着，哪都不许去，我出去一下。”十足命令的口吻让小雨的心里在暗暗发笑，吴深秋实在是太可爱了。

迟疑了一下，吴深秋似乎又不放心将小雨一个人丢在房间里，便又走到电话机旁给总台打电话：“上来个服务员。”

很快，服务员按响了门铃。吴深秋拿出一沓钞票递给服务员：“去买两套运动装，男女装各一套。”

小雨看得有些发愣。吴深秋显然是被伺候惯了的人，什么都习惯性地叫别人为他做，至少小雨从来不知道酒店还有这样的服务——帮客人买衣服。

显然，愣在门口的服务员有些迟疑。但是当吴深秋说剩下的钱给他当小费的时候，他居然屁颠屁颠地满口答应了下来，并且效率非常快，很快就送了两套运动装上来。

吴深秋将衣服递给小雨：“去洗个热水澡吧，你淋了雨，会感冒的。”小雨抬头看着吴深秋。这是吴深秋第一次这么关心地说话，

不再是吊儿郎当的语气，霸道的温柔。

小雨沉默地接过衣服，走进浴室，关上门。

浴室里哗哗的水声传到吴深秋的耳朵里，惹得吴深秋又是一阵胡思乱想。他紧张地想小雨会不会像电视剧里放的那样，在浴室里自杀了。可是自己现在又不能去敲浴室门，万一小雨什么都没做，自己敲门的理由又是什么，或许还会被小雨误会为色狼。

不断纠结的吴深秋只能坐在床边，听着水声，紧张地盯着浴室门看。也不知道过了多久，小雨才打开门从里面走出来，穿着服务员买来的极不合身的衣服，样子有些滑稽，有些狼狈。头发还在滴着水。小雨用毛巾擦着头，这才看到吴深秋正盯着自己看，顿时一阵不自在。

吴深秋也反应过来。看着小雨出来，他总算安心了。他拿起自己的衣服，走进浴室。

这是一间双人房。小雨选择了靠窗户边的那张床，躺下，盖上被子。窗外的雨声没有停，这个城市还在哭泣。小雨听着水声，慢慢闭上眼睛，泪水便从眼角滑了下来，滚烫的。

不一会，吴深秋也出来了，看到小雨已经躺在床上睡着了。于是，他关了灯，躺到另一张床上。

小雨并没有睡着，只是佯装出睡着的样子。这样的夜，这样的雨声，小雨怎么能够睡得着？即便是爱的葬礼，也总需要吊唁的时间。她想念她的"小栀子"，那是唯一属于她的东西。

房间里明明开着空调，小雨却躲在被窝里发抖。她不知道自己为什么会这样冷，本想忍耐一下。可是这样的冷让小雨有些难以承

受：“秋，能不能让服务员再送床被子？我好冷。”小雨的声音在
颤抖。

原来小雨没睡着，吴深秋转过身来看她一眼。房间里温度这么
高，怎么会冷呢？可是听小雨的声音并不是装出来的颤抖。吴深秋
从床上起来，抱着自己的被子走到小雨的床边，将被子盖在小雨的
被子上面，然后一点都没有客气地钻进了小雨的被窝。

小雨有些惊讶地看着他，吴深秋倒是不以为然：“别烦了，凑
合着睡吧。如果还冷就抱我，我身体比较暖，比被子有效。”然后
又自顾自地睡去。

吴深秋的身体确实很暖，这是一种让人觉得安全的暖。小雨的
身体慢慢变暖，可是却依然没有睡意。听着吴深秋均匀的呼吸，她
确信让吴深秋躺在自己的身边是没有杂念的。

13

“秋，你知道我和承夜哥哥的故事吗？”小雨轻轻地说。

“嗯，他跟我说过一些。”秋答。

“那你知道我和瑾瑜之间的故事吗？”小雨又问。

“承夜也跟我说过一点，但不是很清楚。”秋说。

小雨开始喃喃地说起了自己的故事，那个关于瑾瑜和自己的故
事。这只是一种倾诉，因为积压在心里太久。

小雨说：“那时候我刚从家里跑出来，身上没有多少钱，想活
下去，就得找工作。我沿着街找工作，后来看到喜乐酒店在招聘，

于是就进去了，却因为没有身份证，经理拒绝录用我。就在我失望地走出门的时候，是瑾瑜喊住了我。他打着酒店缺人的名义对经理说，可以将我安排在新来的实习生里面，这样即使没有身份证也没关系。就这样，我进入了喜乐酒店做了服务员。"

小雨静静地说着，仿佛自言自语一般。吴深秋就认真地听。

喜乐酒店是包吃住的，于是小雨就在酒店里勤勤恳恳地工作，得到了经理的肯定和赏识。同时，瑾瑜也开始了对她的追求。

瑾瑜总是在洗碗间帮小雨洗碗。一次，小雨打破了碗，碎片割破了小腿，是瑾瑜拿来了药箱为小雨包扎。那时候的小雨并没有接受瑾瑜，只是觉得有个人可以依靠的感觉很好。

对于小雨的事，瑾瑜总是很热心很上心，帮她找房子，帮她搬家，接送她上下班。小雨渐渐习惯了瑾瑜的好。直到有一天瑾瑜没有来上班，情窦初开的小雨看不到瑾瑜，居然满心失落。直到那一刻，她才清楚地意识到，自己的心，早已被俘虏了。

从那天起，小雨接受了瑾瑜，并且，和瑾瑜同居了。

"你出来的时候，为什么没有想到承夜，他一定会帮你的。"吴深秋问。

"承夜哥哥，我不会打扰他的，他和我是两个世界的人。他有好的前途，好的家庭。他应该找个同样优秀的女孩，那样才是完美的。而且承夜哥哥的妈妈一定不会同意我和他在一起的，所以，我又何必为难他呢？"小雨悠悠地说着。

听到小雨这么说，吴深秋心里为安承夜生出了一丝担忧。安承夜对小雨的感情，这么多年，秋很了解。可是现如今看小雨的意思，似乎他的好兄弟是没戏了："所以，你和承夜……"吴深秋的话还未问完，小雨就回答出了答案："我和他，永远都不会在一起。"

吴深秋沉默了，小雨也沉默了。夜突然就静了下来。小雨闭上眼睛。

吴深秋答应安承夜，待天一亮，就带着小雨回去。可是，小雨却在半夜里说起了胡话。吴深秋感觉到怀中的小雨已经发烫。小雨又发烧了。

小雨的身子本就虚弱，再加上手术和自杀的风波，哪还经得起大冬天里的一场雨。半夜里，吴深秋背着小雨，去找医院，又是吓人的高烧。小雨每次发烧，都是四十度以上。

吴深秋焦急地陪在小雨的身边，看着药水一点点地进入小雨的静脉里。吴深秋不得不承认，小雨是他见过的最倔强最任性最麻烦也是最脆弱的女孩子。他甚至有些无法理解小雨，更无法理解安承夜怎么会喜欢这样一个难搞的女孩。

14

"小雨又发高烧了。"吴深秋给安承夜发短信。

为什么小雨出任何状况，自己都不是陪在小雨身边的人？在小雨最需要被照顾的时候，自己都束手无策？看着短信，安承夜只有懊恼，他恨不得立马飞奔到小雨的身边。担心小雨的心情，让安承夜忘记了自己还在练琴，因为心不在焉，他总是拉错音，而每一次错误，都会连累搭档婷薇从头再来。

　　"对不起!"安承夜一遍遍地对婷薇道歉。

　　婷薇并没有责怪他的意思,反而一直保持着善解人意的笑:"承夜,你怎么了?还好吧?"婷薇坐在钢琴前,停下指尖的舞蹈,问安承夜。

　　婷薇,全校几乎没有人不知道她。长相甜美的大眼睛女孩,校长的千金,校花级的美女,追她的男生能绕操场跑道两圈。可是婷薇却从没有接受过谁。这一次,她被安排与安承夜搭档,为学校的六十周年校庆献艺。

　　婷薇是个漂亮甜美的女孩。她有一头海藻般的长发,一直垂直到腰际。

　　"哦,我没事!只是在担心一个朋友!"安承夜才回过神来。

　　婷薇微微一笑,像莲花一样美:"放心吧,会没事的。如果你需要休息,那我们可以改时间再练。"

　　安承夜点点头,此时他满脑子满心都是小雨,完全没有心思去练琴。安承夜走出琴房,于是偌大的琴房里只剩下婷薇一个人。

　　婷薇开始吃醋,安承夜这样把一个朋友挂在心上,甚至影响了他的心情。安承夜的一举一动,婷薇都关注着。即使这个朋友是男的,她依然吃醋。安承夜是她见过最完美的男孩,帅气的外形,无可挑剔的才华。

　　婷薇喜欢安承夜的琴声,那是一种同为艺术人的惺惺相惜。第一次听到安承夜的琴声的时候,婷薇就在这琴房里练琴。而安承夜,却在这座楼的楼顶上练琴,于是提琴的声音就飘了下来。婷薇听到了,就用自己的钢琴配上安承夜的提琴曲。

婷薇不知道琴声来自谁之手，也没有急匆匆地跑到楼顶上去看。她只是静静地合奏着，不惊扰楼上那个拉提琴的少年。

后来，是音乐老师告诉她，那个站在楼顶拉提琴的少年叫安承夜，是个提琴天才，这次校庆合奏也是音乐老师安排的。第一次见到安承夜，那张棱角分明的脸就印在了婷薇的心上；每一次和安承夜合奏，婷薇就觉得自己的心和跳动的音乐一样雀跃，一样快乐。

可是今天，安承夜却为了另一个人而不开心，影响了自己提琴应有的水准。

15

小雨在病床上慢慢睁开眼睛，身边是熟悉的消毒药水的气味。抬起头，看着吊瓶挂在自己的床头，吴深秋趴在床边，睡得很香。小雨知道，她又给吴深秋，给承夜哥哥添麻烦了。有时候小雨会觉得自己就是个麻烦精，她早该死在那次自杀里。此时，她想起了将她从那场自杀里拉出来的高泽洋。

小雨用另一只手触摸脖子上的星星项链，想着这条项链给她带来的，究竟是幸运还是灾难。

小雨终于开机了，顿时，各种来电提醒像爆发的火山，不可收拾。承夜哥哥的，高泽洋的，吴深秋的，还有……瑾瑜的。小雨的心仿佛被炸药炸了一般，某些隐藏的复杂情绪一下子像潮水一样涌来。

原来昨天，瑾瑜给自己打过电话；原来瑾瑜，还关心自己。瑾瑜还是爱着自己的吧？该不该给他回个电话？小雨很想按下回拨键。

可是安琪挺着大肚子的样子再一次浮现在自己的脑海里。他们的争吵，他们的窘迫，他们如今的生活，一切的一切，让小雨迟疑了。

小雨知道自己不该去打扰，小雨也知道，瑾瑜不再属于自己。既然不再属于自己，又何必纠缠着不放呢。盯着手机屏幕好久，小雨一横心，将瑾瑜的号码删除了。删除的时候，有一丝丝的心疼，更多的是释然。

小雨给高泽洋打电话。很快，电话就通了。高泽洋的声音很迷糊，有些哑，他含含糊糊地"喂"了一声。连续几天，高泽洋都泡在"蓝色"酒吧里，买醉已经成为了高泽洋的全部。他找不到雅琳，只有让自己在酒精的作用下去沉睡。像第一次来到这个叫"蓝色"的酒吧一样，他点了一瓶洋酒，一个人慢慢地喝。高泽洋安慰自己，还好假期已经快结束，只要开始工作，他努力工作，就不会再想那些令人痛苦的爱情。

Dancer 每天都会出现，依然是那个有着冷艳眼睛的女孩。她出场的时候，高泽洋会抬头看一眼，然后继续喝酒。每次跳完舞，那个 dancer 也会下台来陪高泽洋喝一杯，小聊一会，但是很快就走开。

"是我……"小雨轻轻地说。此时，高泽洋也从睡梦中醒来。看到小雨打来电话，他坐直了身子，揉了揉惺忪的眼睛。

高泽洋一下子就清醒了："你跑哪去了？大家都在找你。"高泽洋的语气里充满了关心，这让小雨心里又是一阵暖流："秋和我在一块，我没事。你最近还好吗？"

简单的问好，简单的唏嘘。小雨挂上电话。

"是承夜吗？"吴深秋问。小雨摇摇头："那天打你的那个男的。"吴深秋一听，顿时就撅起了嘴。看着吴深秋撅嘴的样子，小雨竟然笑了。第一次发自内心的笑，很美，像阳光，像向日葵，灿烂的，明朗的。

在小雨的坚持下，吴深秋带着小雨出院了，并且马不停蹄地赶往火车站，买回去的车票。小雨一刻都不愿再停留在这个有安琪，有瑾瑜的城市。那是他们的生活，小雨告诉自己不该打扰。

"我真怕你风一吹就倒了。"吴深秋担心地看着小雨，他总觉得小雨摇摇欲坠。

"我没那么脆弱，我又不是纸人。"小雨笑着说道。

在车上，两个人并排坐着。这一趟火车，是真正的告别。从小雨看到安琪的那一刻起，心里所有的冲动，所有的不甘，全都烟消云散，变成了一丝一缕复杂的忧伤。

"小雨，天还是蓝的，草还是青的，你还有我们呢。"吴深秋看着小雨惆怅的样子，安慰道。"回去之后有什么打算吗？"吴深秋问。

小雨迷茫地看着窗外，那大片大片的田野像一幅幅苍凉的画，告诉人们，冬天还没离开，世界依然冰冷。

"回去之后，先把房子退了，再找个工作，毕竟生活还要继续。"小雨悠悠地说："秋，谢谢你！"

吴深秋对于小雨突然的煽情一头雾水："别矫情，只要以后别再这么折腾承夜，折腾我们就好。承夜，真的真的很担心你。"

第三章　童年的星光

1

吴深秋和小雨一起走出车站。天空依旧是不明朗的，灰暗一片，安承夜早已在车站门口等候。看到小雨的时候，见小雨好好地站在自己面前，他高兴得一塌糊涂。曾经真有那么一刻，安承夜以为，他再也见不到小雨了。

安承夜连忙拿出围巾，帮小雨围上："以后即使出门也要注意下天气。穿这么薄回来，会冻坏的。"小雨看着安承夜帮自己围围巾的样子，就想起了安承夜离开的那一年冬天，他也送过一条围巾给自己，当作告别礼物。

好像，所有的故事都发生在冬天里。十四岁的冬天，有雪，连绵的雪仿佛下不停了。小雨和弟弟小帅正在堆雪人，安承夜出现在他们面前："我妈为我办了转学手续，我可能要离开小镇，去城里上学了。"

小雨抓着雪的手顿在了冰凉的空气里，被雪水冻得通红。

"承夜哥哥，跟我们一起堆雪人。"聂小帅天真地对安承夜喊道。安承夜摸摸聂小帅的头："聂小帅是男子汉对不对？"

聂小帅使劲点头。

"那聂小帅要保护好小雨姐姐哦。"愣在一旁的小雨抬起头看他。

"好，小帅是男子汉，绝对不让爸爸打姐姐。"聂小帅满脸天真，信誓旦旦地说。

看着聂小帅如此信誓旦旦地说要保护姐姐，安承夜满意地点点头。随后走向小雨，伸出手，像往常一样，捂住小雨的手，将它变暖。

听到安承夜要走的消息，小雨感觉自己的心瞬间掉进了雪地里，凉了一阵。

"承夜哥哥喜欢姐姐。"聂小帅拍着手叫道。小雨脸一红。她甚至不知道聂小帅小小年纪从哪知道这些喜不喜欢的事。安承夜拍了聂小帅的头，嘴里嘟囔了一句"小鬼"。

安承夜说要走，小雨知道自己不可以说什么。安承夜是天才，是王子，他不该留在这个小镇上。可是小雨不知道，没有安承夜的日子，她要怎么过。她习惯了有安承夜陪伴着上学，现在，只能一个人孤单地走在学校的路上，没有安承夜的关心，没有安承夜的早餐。

安承夜是自己跟随着妈妈来到这里的第一个也是唯一的朋友，现在却要离开了。她很想留下他，可是她却没有勇气："很好啊，承夜哥哥要好好加油，成为世界上最优秀的提琴家。"小雨十四岁，却过于早熟地说着违心的话。

一直以来，都是承夜哥哥给自己保护，给自己照顾。自己一直

心安理得地接受着承夜哥哥的好，却从没有为他做过什么，又有什么理由让安承夜留下来？

2

可是，十四岁终究是太过年轻。虽然一遍遍告诉自己不可以去阻碍安承夜的发展，可是内心却骗不了自己。她自私地希望安承夜留下来，她没有勇气去面对没有安承夜的生活。

安承夜走的前一天，小雨还在犹豫着，要不要去挽留一下，或许自己挽留，承夜哥哥就留下来了，就不离开自己了。小雨承认自己自私，可是，小雨告诉自己应该勇敢地自私一次。这么想着，小雨终于给自己找到了理由和借口，也终于鼓起勇气。是的，她要留下他，她要告诉安承夜她不希望他走。

就在小雨想出门找安承夜的时候，聂小帅气喘吁吁地跑了回来："姐姐，承夜哥哥叫我跟你说，他在学校旁边的梧桐树那里等你。"

小帅的话让小雨有些无法平静："难道说，承夜哥哥不走了？或者他要和我说什么？"小雨立即冲出了大门，奔到学校。一路上的脚步是轻快的，也是急切的。她一直认为，承夜哥哥是要告诉自己他不走了。

安承夜的妈妈不喜欢小雨，也看不起小雨一家人，这是众所周知的事实。安承夜的妈妈也多次教育安承夜，不许他跟小雨交往。但是，妈妈的阻碍并没有成功，他们只是变得小心翼翼。所以，安承夜有什么事找小雨，都是约在学校外的那棵梧桐树下。

远远地，就看到安承夜站在那边，手中捧着一个大盒子。小雨气喘吁吁地走上前去。

"小雨，这个送你！"安承夜将盒子递过来。

小雨接过盒子，不解地看着安承夜："什么？"

"你打开就知道了。"安承夜露出迷人的笑容说道。小雨打开盒子，是粉色的，毛茸茸的围巾，还有配套的手套。

看着盒子里的礼物，小雨的脑子有些迟钝。在路上，小雨一直祈盼着，安承夜会告诉自己他不走了。现在是在送告别礼物吗？果然，希望越大，失望就会越大。

小雨顿时就明白了，安承夜哥哥是必须离开了，所以才会给自己送礼物。送围巾和手套，就是为了代替他在冬天给自己带来温暖，安承夜的心思，她明白。本来鼓起勇气的挽留，却卡在了喉咙里再也吐不出来，狠狠地被咽了回去。

"谢谢承夜哥哥！"小雨收起自己失落的情绪，露出美好灿烂的笑容。

"好好加油，争取考到市里的高中，这样，我们一定还会像现在一样在一起的。还有，无论如何一定要保持联系，我会给你寄信的。"安承夜比小雨高出整整一个头，他伸出手宠溺地抚摸小雨的头。这样的画面，美到极致。

"承夜哥哥，我会加油的！"小雨微笑着答应。

3

小雨终究还是没有挽留他，因为小雨知道挽留是没有用的。安承夜要走的事实是自己改变不了的。

安承夜走的那一天，小雨没有出门，也没有去送他。小雨躲在自己的房间里，悄悄地哭了。她没有勇气看着安承夜离开的样子，她害怕自己会控制不住眼泪，她更害怕安承夜的妈妈看自己时那嫌弃鄙夷的眼神。

巷子口，有一辆奔驰，还有搬家公司，不停地从那座大房子里搬出家具。围了好多人，那些平日和安承夜的妈妈一起嗑瓜子聊八卦、打麻将的大姐大婶们都来了。

看神情，她们羡慕极了："您啊，真是好福气，嫁了个有本事的男人，可以离开这个鸟不拉屎的地方，去城里生活。"于是安承夜的妈妈就会极其虚伪地谦虚起来："哪里哪里。"

"姐姐，承夜哥哥走了。"小帅突然闯进屋来对小雨说。也许是小帅突然地提醒，小雨这时才反应过来，忙跑到巷子口。远远地，只能看到搬家公司离开的车子，围着的人还在一脸羡慕地议论纷纷。

小雨忍住没有哭。只是觉得心像撕裂了一样。于是，她对于安承夜最后的记忆，定格在搬家公司离开的车上，甚至都没看到开在搬家公司前面的那辆奔驰。

小雨并没有围围巾的习惯，无论天气怎么寒冷。第一次围上那围巾还是因为小帅。小雨去上学，小帅追到巷子口："姐姐，天冷，把围巾围上。我答应过承夜哥哥要保护你的。"

小雨看着小帅，内心一阵酸楚，差点掉出泪来。她蹲下身子，让小帅笨手笨脚地帮自己围围巾。小帅是这个家能带给她唯一的安慰的人。聂小帅并没有食言，他尽自己最大的努力保护小雨。每次那个男人要打骂小雨的时候，小帅就会挺直小身板拦在小雨的身前，用命令的口吻对他父亲说："不准打姐姐！"

小帅是家里的小皇帝，因为小帅的保护，小雨免了好几顿打。

小雨围着围巾站在巷子口，看着那栋空空的房子，茫然许久，这里，再也不会有优雅的提琴声，再也不会有安承夜的大手来温暖自己。

小雨又要回到一个人的生活了。在学校，除了和同桌能说上几句话，小雨真的没有朋友了。安承夜离开了，小雨似乎又回到了刚来到这个城市的时候一样，似乎绕了一圈，又回到原点了。

4

一条围巾，将小雨的思绪瞬间拉到了从前。不知不觉，却已到了出租房的楼下。在秋与承夜的陪伴下，她上了楼。

房间里的一切还是没有改变，满地的狼藉，小雨有些不好意思。

"把这间出租房给退了，先去酒店住两天，我们再重新给你找个环境好点的。"安承夜看着房间里的一切，对小雨说。

"就住我家吧，反正我家宽敞，也只有我一个人。"吴深秋的这个提议对于安承夜来说，绝对是个好主意，有好兄弟帮忙照顾着，他放心许多。总之，无论如何，他是不会再让小雨一个人生活了。

"不用的，麻烦大家了。"小雨连忙拒绝。小雨觉得他们就像

两个世界的人，没有必要硬掺揉在一块。

"什么不用了，你觉得我会放心吗？"安承夜严肃地说。

显然，小雨的拒绝是无效，她只能妥协。

吴深秋的家很大，很豪华，比小雨记忆中安承夜在胡同口的那栋洋房还要漂亮豪华。可是，因为太过宽敞，所以总显得冷清，或者说，这并不是一个家，只是一个房子而已。

"以后你就住这间。"吴深秋让出了自己的房间，他睡到了另一间。

看着小雨顺从的样子，安承夜安心了许多。他认为，小雨住在吴深秋家是最安全的。吴深秋的父母常年都在国外，小雨由深秋照顾，自然放心，有情况也会第一时间知道。

因为小雨，吴深秋改变了自己的作息习惯。平日里都要玩游戏到凌晨的吴深秋，为了不打扰小雨休息，会早早关掉电脑睡觉。小雨也启用了吴深秋家里荒废了好久却工具齐全的厨房，每天有温暖的早餐、丰盛的中餐和晚餐，吴深秋再也不用没规律地天天吃外卖了。

安承夜周末也会过来，吃小雨亲自做的饭菜，夸赞不绝。

"好像这周四承夜有演出。学校六十周年庆，安承夜要登台，你想去看吗？"吴深秋提议道。

"真的啊？"小雨看着餐桌对面的吴深秋，惊喜地问。但是很快，她眼神就暗淡了下来："承夜哥哥的表演不是在学校吗？我们哪看得到？"

吴深秋不屑地笑了笑，装出一副神秘的样子："这个市里，还没有我进不去的地方？"

5

"那,给你!换上这个我们混进去。"吴深秋将校服递给小雨。原来,吴深秋的办法就是弄来安承夜学校的校服,混进去。小雨看着吴深秋递过来的校服,不禁觉得有些惊险:"这样?不会被发现吗?"

"嘁,到现在门口的保安大叔还以为我是他们学校的学生呢。"小雨不知道,这对吴深秋来说,是家常便饭了。有事没事吴深秋就会混回学校怀念一下当学生的感觉,弄得门口的保安大叔一直以为他是学校的学生。

小雨小心翼翼地换上衣服,大小居然刚好合身。她从卫生间里走出来。

"我说……怎么看着你像小学生。"吴深秋上下打量着小雨,皱着眉头说道。小雨换上校服,再梳个马尾,简直就跟学生完全没差别。

"你眼睛没病吧?我像小学生?"

"那那那……生气的时候更像……"

小雨直给了吴深秋一阵爆栗,惹得吴深秋摸着头,哇哇地叫。

吴深秋是拉着小雨的手走进学校的。也许是由于校庆,人来人往也很多,根本没有人发现他们。本紧张不已的小雨顿时觉得,这学校大门也太不牢实了,居然这么容易就进来了。

一进校园,小雨的心就飞了起来。这就是本市最好的学校,生态校区,校园里居然还有池塘、假山、喷泉、小木桥,还有小树林。池塘的水清澈见底,有红鲤鱼在里面游动,还有鹅在校园里走。

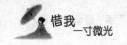
校园很大，比起曾经在镇上的那所学校，大出了好几倍。小雨看着眼前的一切，她简直不敢相信这居然是校园。回头想想，如果当初没有离家出走，自己一定可以考上这所学校。在这样的环境里学习，是多么美好的一件事。

"走，舞台在那边。"吴深秋拉着小雨的手朝操场那边走。吴深秋对学校自然是不陌生了，几乎每一个角落，他都知道该怎么走。小雨就不能了，她觉得如果没有秋，自己要迷失在这校园里。

操场的北边有一栋教学楼，平时话剧社就在这排练，还有一些大型的晚会，也都是在这边举办。

吴深秋拉着小雨走进大门，只见里面熙熙攘攘，吵闹得很，几乎全校学生都汇聚在这里了。

吴深秋一进门，就有好几个男生迎上来打招呼。

"你女朋友啊？"一男生在吴深秋耳边轻轻地问，可小雨还是听到了，慌忙转过头去看别的地方。吴深秋居然也没做解释。

"安承夜在后台准备了。"一个男生说道。吴深秋点点头，带着小雨，坐到那群男孩身边的位置。

6

晚会很快就开始了，全场安静了下来。主持人很专业的样子。这算是小雨看到的比较正式的晚会了，以前自己学校的元旦汇演，那都是些过家家的把戏。当然，每年必不可少的自然是安承夜的演奏。安承夜几乎是学校的主戏，其他的小品，歌唱，舞蹈，基本都是模仿电视上的节目，学生自己编排的。

先不说专不专业了。唱歌忘词的，跳舞跳错的，还有些同学因为紧张而傻愣在台上的，应有尽有。所以每一次，直到安承夜出场才能带出一段完整而完美的表演。而每一次，小雨都是坐在台下默默地看着星光闪耀的安承夜。

安承夜是天才，是提琴家。这些评价，小雨从老师嘴里听到了无数遍。而没有人知道，一直默默无闻的小雨唱歌唱得很好，她的声音很清澈。只是她从不在众人面前开口，所以自然也没人发现。小雨听到那些唱歌走调的同学在台上唱歌的时候，心里都会发笑，她相信，如果她上台，一定比那些人唱的好。可是在上学期间的小雨就像深藏峡谷里的名贵药材，没人发现。

终于，校长等人致词完毕，节目开始了。

第一个节目，就是安承夜和婷薇的合奏。一架白色的钢琴被移上台，紧接着安承夜和婷薇上台，向大家鞠躬。婷薇穿着白色的礼服，像个优雅的公主，而安承夜一身黑色礼服。两人的着装像钢琴的黑白键，搭配得非常完美。

婷薇走到钢琴前坐下。安承夜也走到钢琴旁边，两人眼神示意了一下，音乐响起。全场灯光顿时暗了下来，所有的光点，都聚集在这一对金童玉女身上。

提琴声先起，随后是钢琴。这是一曲大家都熟悉的曲子，《卡农》。

安承夜闭着眼睛，陶醉地拉动琴弓。

"你看你看，婷薇简直美呆了，再和安承夜学长这么一搭配，

简直就是金童玉女。"

"是啊是啊，要是他们真的能在一起就好了。婷薇喜欢安承夜学长好久了呢，不知道安承夜学长知道没有？"

坐在前排的两个女生激动地讨论着，声音有刻意地压低，但是小雨还是听得清清楚楚。吴深秋看着小雨，脸上写满复杂的情绪。

小雨看着台上的两个人，转过头笑着对吴深秋说："你看，他们才是天生一对。"吴深秋愣了愣，不知道该说什么。小雨也没等吴深秋回应就转过了头看台上。灯光，音乐，小雨甚至错觉地觉得，这是一场安承夜和婷薇的婚礼。婷薇穿着白色的婚纱，美丽而优雅，而安承夜穿着黑色的西装，是帅气的新郎。

这一对校花校草的合作演奏完毕后，引起了一片的欢呼声和掌声，看来这个头开得不错。

7

"辛苦了！"婷薇优雅地走过来，伸出手对安承夜说。安承夜也伸出手，绅士地轻轻一握："辛苦了。"

就在婷薇刚想说说刚刚的演出的时候，安承夜的手机响了起来。

"不好意思！"安承夜从口袋里掏出手机，是秋发来的消息。此时此刻，他才知道，吴深秋竟然带着小雨来看自己的演出了。

"秋和我一个朋友在观众席，要一起过去看看吗？"安承夜礼貌地对婷薇说。

"好呀！"婷薇依然优雅从容地笑着。

　　远远地，就看到了吴深秋对自己招手。安承夜带着婷薇连忙朝他们的方向走去。当他看到穿着校服的小雨时，也不禁觉得眼前一亮。好久，才想起来要做介绍。

　　"小雨，这是婷薇，我的搭档。"然后又转头对婷薇说："这是小雨。"

　　"你好！"婷薇微笑着对小雨问好。婷薇的笑，美得像百合。小雨看着她，这么美丽，这么优雅，这么落落大方，自己没有一点能和她相比，不禁在心里有些隐隐地自卑起来。

　　"你好！"小雨也笑着回应。婷薇坐在安承夜身边，而安承夜坐在吴深秋的身边。节目还在继续。但是婷薇已无心欣赏。她知道小雨不是学校的人，她也猜测到她就是安承夜牵肠挂肚的人了。因为小雨是吴深秋带来的，却是由安承夜来给自己介绍，所以，婷薇聪明地猜到了小雨和安承夜的关系胜于吴深秋。

　　"秋，你好久没来我们学校了呀！"婷薇对吴深秋说。吴深秋对她露出坏坏的笑："是呀，怎么？你想我啦？"

　　婷薇依然优雅地笑着，完全没有在意吴深秋的调侃。

　　"今天主要是带小雨来看你们表演的。"吴深秋笑着说。

　　"那我真该谢谢你的捧场！"婷薇依旧温婉地笑着。

　　婷薇自然是个聪明的女孩，所有的东西，她几乎一眼望穿。只是，她看不懂小雨的心。她看不到小雨对安承夜的爱，也看不到小雨对吴深秋的爱。

　　小雨坐在一边，始终一言不发。因为，她始终觉得，这是个与她无关的世界。

第四章　那些人碎了年华

1

"这样吧，今天我请客，大家去酒吧玩。"晚会结束后，婷薇对大家提议道。秋第一个支持赞同。于是，一帮人浩浩荡荡地去了附近的酒吧。小雨虽然不怎么喜欢那样嘈杂的地方，但是为了不扫大家的兴，还是跟着去了。

"今天我表现怎么样？"安承夜问小雨。两个人走在队伍的最后。小雨抬头看着安承夜："很好啊，你一直都是完美的。"其实小雨根本没有去听演奏。她一直注意到的，是安承夜和婷薇金童玉女一样的形象。

听到小雨的夸奖，安承夜很是开心，灿烂的笑脸一直保持着。婷薇看在眼里，心里不禁升起一丝一缕地惆怅来。她没有想到，自己的竞争对手，竟然只是这么平凡，这么沉默的小雨。小雨没有过人之处，是丢在人群里就会被淹没的人。可是自己，和小雨有着天差地别。自己无论去哪儿，都是那一刻最耀眼的星星，可是现在，却输在了小雨的手中。

在婷薇的带领下，一群人进了离学校最近的"蓝色"酒吧。酒吧里，正有一名歌手在唱《命中注定》，而一个化着浓妆，穿着性感的女孩走过来对吴深秋打招呼："哟，什么风把你吹来了？"

吴深秋也毫不含糊，开玩笑地答道："西北风呀。"接着吴深秋给大家介绍这个女孩："蓝色酒吧的 dancer，潇潇。"

听到潇潇这个名字，小雨不禁一愣。原来，安琪的好朋友就是她，告诉自己瑾瑜地址的就是眼前这个冷艳的女子。

"大家好好玩，不过我不能陪你们了。你们先玩着，我得去准备了，跳完舞我再回来招待大家哈。"潇潇热情地将大家带到卡座后，跟大家说道。

五彩的灯光闪得小雨有些头晕，火热的气氛却驱走了冬日里的寒意。酒吧内的人，扭动着，嘶吼着，像一条条蠕动的虫，随时都可能要啃食了对方。小雨尽量让自己适应这里的环境，却忍不住四下观望。陌生的人，陌生的灯光和音乐，像地狱，却又像天堂。

"来来来，一人一杯，谁都不能跑。"婷薇热情地给大家倒酒。到小雨的时候，却被安承夜拦住了，然后又趴在服务员的耳边大声对服务员说："给我拿杯橙汁。"

"小雨她不会喝酒！"安承夜转过头对婷薇说。婷薇倒酒的手僵在空中。她有些嫉妒，安承夜的关心与体贴，落在小雨身上是那么的理所当然，可是安承夜却从没这么热心地照顾过自己，即便他们有许多许多一起应酬的机会。

可是，婷薇总是这么的完美。她的失落也只是瞬间的事，像疾

风一样，来了便走，甚至还没给人反应的时间。

小雨接过橙汁，努力让自己适应这里的一切。其实，这个环境让小雨不安，极度的不安，不知道是因为太吵还是太热闹。她的眼神有些闪烁，她在观察着这里的每一个人。她并不是好奇，她只是在给自己找事做，好让自己不显得那么无所适从。

2

突然，她的视线定格在了一个男子身上。那个男子趴在吧台上，似乎已经喝了很多的酒，表情有些痛苦，却还在往嘴里灌酒。"高泽洋？"小雨几乎喊出他的名字。

"不好意思，我上个厕所。"说着，小雨从卡座里走了出来，走到高泽洋的身边，坐在他的旁边。

"你怎么了？"小雨问。高泽洋此时才抬起头看小雨，因为酒醉，他眼神有些迷离。

"她走了，我找不到她了。小雨，因为你，她走了。"高泽洋含糊地说着，又拿起酒杯。小雨沉默地坐在一旁。她没有话语，因为高泽洋是在责怪自己，内心一股无名的酸楚。高泽洋眼中的泪光在五彩灯光的反射下变得明亮而刺眼，刺痛了小雨的心。

小雨不知道到底发生了什么，但是从高泽洋的话语里，小雨大概知道了怎么回事。

"为什么我放不下你？为什么我要为你一次次伤她的心？"高泽洋几乎是哭着说这些话，又像自言自语。小雨想哭，可是她强忍着。

是，都是因为自己，全都是因为自己的过错。高泽洋的话让小雨不知所措，她愣了良久。

是的，自己回来后就没有联系过高泽洋。但是她没有想到，曾经那么美好，那么让人温暖的大哥哥如今却是这副狼狈模样。小雨突然想到了第一次见面时，高泽洋送给自己的星星项链。小雨缓缓地取下自己脖子上的星星项链，悄悄地放进了高泽洋的口袋。

"对不起！"说完这句话，小雨就从吧台边的椅子上下来，走回安承夜的身边，也不知道高泽洋到底有没有听到她的道歉。但是小雨知道，道歉是没有用的，弥补不了任何东西。

是因为高泽洋的责怪吗？还是因为自责？为什么任由身边的人如何热情，如何关怀，自己的心却是一片冰冷？为什么连笑脸，都那么勉强。

"小雨，你怎么了？"吴深秋坐在小雨身边的位置，显然感觉到了小雨情绪的变化，关切地问。小雨抬起头看着吴深秋，眼中闪烁着泪光。她想说些什么，最终还是摇摇头，端起桌上的啤酒，一饮而尽："没什么，第一次来酒吧，有点不适应。"

这是一个醉酒的夜晚。小雨醉了，高泽洋也醉了。潇潇也没有应允诺言，在跳完舞后来招待他们，而是在跳完舞后坐在了高泽洋的桌前。

因为小雨住在吴深秋家的原因，小雨是吴深秋带回家的。秋扶着哭得一塌糊涂的小雨，跌跌撞撞地上楼。

"我做错了什么？为什么全世界都人都在埋怨我，都在惩罚

我？”小雨哭着，边含糊地喊着。吴深秋看着小雨，有些烦躁，却又有些心疼。他最怕的就是女孩子在他面前哭，因为他永远都不知道怎么去安慰：“没有人责怪你，没有人埋怨你。”

听到吴深秋的话，小雨笑了，流着眼泪发狂地笑，笑着笑着又哭了，直到吴深秋将小雨扶上床，小雨嘴里还在喃喃地说："我做错了什么？为什么错的都是我，受伤的还是我？"吴深秋打了一盆热水，拧了毛巾，温柔地为小雨擦拭脸上的泪水。

3

苍白的梦境，意识开始慢慢变得清晰。痛，头痛欲裂。高泽洋缓缓睁开眼睛。一瞬间，脑袋里一切空白，紧接着，开始警觉地观察身边的一切。这是哪儿？这是一个阴暗的房间，窗帘紧闭，透不进一丝光，像黑夜。高泽洋从床上坐起，揉了揉太阳穴，依然头痛。环顾一周，确认这不是自己的房间。

就在这时，房间门被打开，走进来的是一个直发的女孩，穿着宽大的衬衫。雪白修长的大腿裸露在外。高泽洋看着眼前陌生的女孩，他唯一认得的是她那双冷艳的眼睛，是那个钢管舞 dancer。原来卸了妆，她竟然有着邻家女孩般的清纯。

"你昨天喝醉了，我不知道你家在哪，所以就把你带回来了。"女孩递过来一杯蜂蜜水："喝了它，缓解头痛。"

高泽洋愣愣地接过水，喝了几口后就将蜂蜜水放在了床头柜上。他这才猛然意识到，自己竟然一丝不挂地躺在了一个女孩的床上。

高泽洋似乎知道昨夜发生了什么。

"你叫什么名字？"高泽洋问。

"潇潇。"女孩爽快地回答。潇潇拉开窗帘，光亮顿时填满了整个房间。高泽洋只觉得一阵刺眼，不禁眯上了眼睛。

"你该去上班了吧？"潇潇将高泽洋的衣物放到床头，然后就走出了房间。高泽洋慌忙穿上衣服。不得不承认，潇潇是个特别的女子。她豪气，她果决，独立而倔强。高泽洋走出房间的时候，潇潇正在阳台上晒太阳。阳台上有一株百合，开得正茂盛，而女孩就慵懒地躺在阳台的躺椅上，像只猫。

"昨天的事……"

"没什么，你走吧。当然，你走之前，我不介意你使用我的卫生间。"潇潇没等高泽洋说完，就接过了话。高泽洋愣了愣，然后点点头走进了卫生间。高泽洋不得不承认，自己应该好好的整理一番，不仅是外表，更重要的是思路。

高泽洋很想回忆起昨天的事，可是，不管怎么想，都完全想不起来任何的蛛丝马迹。高泽洋走出卫生间，已然是一副精神抖擞的模样。他想和潇潇告个别，可是转身却看到潇潇慵懒的背影透露着不想被打扰，于是站在潇潇身后良久，终于还是没有开口，慢慢走出了潇潇家的大门。也许，道别只会让两个人更尴尬吧。

高泽洋拦了一辆出租车，就直奔公司。一路上，高泽洋仍然对潇潇这个女孩不能释怀。是因为不愿意面对自己还是因为害怕尴尬，潇潇才一直背对着自己？高泽洋的思绪十分乱，连续几日，都是潇潇在陪着自己。每次跳完舞，潇潇就会坐到自己旁边，而自己，一

再地去"蓝色"酒吧，高泽洋甚至感觉到自己的内心已经从纯粹的买醉变成了等待。他去酒吧，等待潇潇上台，然后下台，然后陪自己聊天，听自己倾诉。

可是昨天……高泽洋有些懊恼。但是，无论如何，他不得不承认伤害了潇潇。

4

高泽洋不想再让自己胡思乱想下去，也许潇潇根本就不在意，或者自己只是她众多带回家过夜的男人中的一个而已。他不知道潇潇到底和多少人上过床，他觉得自己应该只是微不足道的一个。不知道是不是在找理由为自己的罪名开脱，但是高泽洋是真的不愿意再让自己的思绪陷入死胡同。

他伸手想拿出手机来转移自己的思路，竟然在口袋里摸到了星星项链。他拿着项链仔细地看："这不是送给小雨的项链吗？怎么会在这里？"高泽洋仔细回想，猛然想起了昨天酒后对小雨说的那番话，不禁又是一阵懊悔。高泽洋掏出手机给小雨打电话。很快，电话接通了。他听到了小雨迷糊地"喂"了一声。

"那个……昨天的话，你不要放在心上。我喝多了。"高泽洋无力地解释着。也许这样的解释真的太单薄，俗话说酒后吐真言，而此时的小雨也头痛欲裂，听到高泽洋的声音也清醒不少。

明明心里有千言万语，一堆话在脑子里绕了一圈，最后只是无奈地"嗯"了一声。高泽洋也有很多话想说，可是好像说再多，都已经无法弥补自己伤了小雨的事实。

"这样吧，晚上我请你吃饭吧？"高泽洋又说。

小雨愣了愣，想拒绝，最后又只能轻轻"嗯"一声。

"你醒啦？"刚挂上电话，吴深秋就走了进来。小雨看着吴深秋点点头："我现在就起来做饭。"小雨吃力地从床上坐起。吴深秋忙说："不用了不用了，我在外面吃了，也给你带了早餐。"说着，将买来的早餐放在桌上。

小雨看着吴深秋，微微地点头。

"我要陪你出去吗？"小雨刚要出门，吴深秋关切地问。小雨转过头笑着说："不用了。我很快就回来。"吴深秋无奈地点点头。

吴深秋的关心让小雨有想逃的冲动。似乎住在吴深秋的家里，自己无论做什么都有了向吴深秋报告的必要，这让小雨觉得束缚。小雨是自由的，她想过一个人的生活，不想让太多人来干涉自己的生活。

5

小雨到达餐厅的时候，高泽洋早已到了。小雨走到高泽洋的对面，坐下。

"你点吧？"高泽洋将菜单递过来。小雨又把菜单推了回去："我随意，你点吧。"

高泽洋点点头。两个人又陷入了沉默，这样的气氛很让人尴尬。

"昨天我不是故意的。"高泽洋像个犯了错的孩子，对小雨解

释着。小雨依然点点头。她不知道该说些什么，然后又没话找话地对高泽洋说："她，怎么了？"

"那天我本来答应陪她去马尔代夫给她过生日，我还想在那边向她求婚，但是，我食言了。所以她就消失了，我找不到她了。"高泽洋说着，深深地叹一口气。高泽洋刻意回避了是因为小雨的失踪自己才食言的。可是，小雨都知道。

"对不起！"小雨似乎没有话可以说，只能抱歉。

"根本不关你的事，好了，不说这些了。别忘了我们是来吃饭的。"高泽洋刻意缓解情绪。

小雨沉默地吃着餐盘中的饭菜，却如同嚼蜡，没有一点滋味。

"待会我们去看电影吧？"高泽洋提议道。小雨依然只是沉默地点头。

电影是小雨选的，不知道怎么的，偌大的放映厅里只是三三两两地坐了几个人。屏幕亮起，照得放映厅忽明忽暗，于是那一排排的空椅更显得寂寞。

电影里有房祖名参演，其实看到房祖名，小雨就会想起他主演的电影《早熟》。这是小雨和瑾瑜一起看的电影，是摊贩那租来的光盘。小雨印象最深的就是女主角怀孕了，于是他们私奔。这不就是现在的瑾瑜和安琪么？原来自己，未曾是主角。

陷入回忆的小雨，已然无心看电影。她莫名地惆怅着，心痛着。高泽洋握过小雨的手，将项链递还到小雨的手中。小雨看着手中的项链，抬着头看泽洋。

"我送给你了，就是你的了。"高泽洋说。小雨沉默地接过项链。高泽洋始终没放开过小雨的手，拉着她的手一直到电影散场。

送小雨回去的时候，高泽洋还是拉着小雨的手。小雨不知道怎么办，于是就让他牵着，因为她害怕自己抽回手，会让两个人都尴尬。路灯拉长了两个人的身影。

"我想去酒吧唱歌。"小雨突然说。

高泽洋看着小雨："你确定？"高泽洋并不排斥酒吧这样对小雨来说有些杂乱的地方。

"我确定。"小雨坚定着说。小雨是在蓝色酒吧看到歌手唱《命中注定》的时候萌生去酒吧唱歌的想法的。她知道自己不可以这样靠着吴深秋、安承夜生活，他们都有属于他们的人生，而自己，不属于他们的世界。另外小雨也觉得自己应该做一些改变。正是因为酒吧是自己无法适应的地方，所以自己越该借用这样的环境去改变。

说到去酒吧唱歌，这让高泽洋第一时间想到了潇潇。高泽洋不知道如何定位自己与潇潇的关系，更无法定位自己和小雨的关系。不得不承认，潇潇是个特别的女孩，也不得不承认，小雨也是个特别的女孩。而对雅琳，是内疚？是后悔？还是遗憾？高泽洋已经分不清楚了。

都说一个男人心里只会装一个女人，可是，高泽洋的心里，却同时装下了三个人。

借我一寸微光

6

哪怕经历了再多的事，小雨依然是原来的小雨，从来没有改变。自己想做的事情，逆风逆雨也会毫不犹豫去做，就像当初知道了瑾瑜的消息，所以，不顾一切，也无法等待，急切地登上了火车那般。

小雨一个人跑到"蓝色"酒吧的人事部应聘，面试她的是一个有些年纪的男人。男人坐在办公椅上抽着上好的烟，只是轻轻扫了一眼小雨："先唱两句来听听。"

小雨选的是一首经典英文老歌《昨日重现》。

When I was young I'd listen to the radio.

Waiting for my favorite songs.

小雨的声音因为紧张而在拼命发抖，气息也有些不足，但是这些缺陷却掩盖不了小雨与生俱来的独特音色。小雨第一句歌声从嘴里出来，那个人居然抬头仔细打量起了小雨。本漫不经心的他居然认真听起了小雨的演唱。

How I wondered where they'd gone.

But they're back again just like a long lost friend.

小雨的歌声还在继续，因为越来越进入状态而声音也越来越稳定。

"可以了！"负责人没等小雨唱完整曲便打断了："好像没什么表演经验呀！"负责人一针见血地戳中小雨的弱点。

"嗯，没登过台，但是我会努力。"小雨连忙解释。

"没登过台今天的表现能到这样已经很不错了。但是我担心的

是到时候人多的情况下你上台能否应付，包括客人点歌以及活跃气
氛等。这样吧，先适应两天。明天直接来上班，两天之后再看，好吧？"

小雨连忙点头，这对她来说，的确是难得的机会。因为，她告
诉自己，全新的生活，就要从这里开始。她要告别过去，告别瑾瑜，
告别安琪，告别她的"小栀子"

小雨搬出了秋的家，在一个晴天。秋靠着墙，抽着烟，沉默地
看着小雨收拾自己的东西，不知道什么心情。

小雨去蓝色酒吧上班，就会在凌晨才能归来，而且蓝色酒吧离
吴深秋的家又太远，小雨搬走的原因是充分的。没有给秋和安承夜
留任何反驳的余地。小雨在酒吧附近找了一间房子。

"我答应过安承夜要照顾你的。"吴深秋边帮小雨搬着东西
边说。

"你依然可以照顾我，只是形式不一样。我不是小孩子，不需
要二十四小时的监护人，对吗？"小雨看着秋恳切地说道。

吴深秋无言以对，他不知道自己该怎么挽留。从吴深秋的家到
新房子，小雨只用了一天的时间，因为行李本来就少。可是，她简
单的行礼中，却还有自己和瑾瑜的合影。小雨边布置新房子，边摆
放着自己的东西。

当她看到那张合影的时候，愣愣地发了好久的呆。再看到瑾
瑜的脸，居然已经不会心痛了。时间果然是最好的解药，那些原
来喜欢的，迷恋的，无法忘怀的，都在时间里退了色。小雨将照
片撕碎，丢进了垃圾桶里。既然要决定重新开始，又怎么能让过
去有所残留？

7

"今天警方接到民众报案，在郊外的河里发现一具尸体。因为长时间的浸泡，尸体已经腐烂。经警方确认，死者为女性，22岁至26岁之间。死亡时间应在半月前。死亡原因有待调查。死者身上没有可以确认身份的东西……"

看到这条新闻的时候，高泽洋正在客厅的沙发上昏昏欲睡。可是听到电视里主持人播报，顿时就清醒了过来。高泽洋脑子里顿时闪过了雅琳的名字。他坐直身体，努力去看电视里死者的照片，却很模糊，怎么都看不清楚。

"死者身份等待确认。"主持人说完这句话的时候，就跳入了下一条报道。

高泽洋呆愣在电视屏幕前，脑子里闪过各种各样的画面，莫名的心慌。高泽洋恨不得现在就能去警察局确认尸体，可是又极度害怕死者真的是雅琳。这条报道像挂在高泽洋床头的定时炸弹一样让他不安，他无法入睡，一闭上眼睛，就出现了各种让他害怕的画面。他在等待，他等待天亮，他等待一个结果。

不知道是因为什么，心慌的他居然开始默默祈祷。祈祷着，那具尸体，一定不是雅琳，绝对不可以是雅琳。

天一亮，他就去公司请了假，然后马不停蹄地赶往警察局。他再也等不了了，这一夜，自己就像被丢进了十八层地狱那般的备受煎熬。因为一夜没睡，高泽洋的脸色不好，苍白如纸，写满憔悴。

"你好，我是来确认尸体的。"高泽洋紧张地对警官说。警官们互看一眼："尸体刚刚已经被她的父母确认了，叫李祥月，是附近村民，不小心掉进河里淹死了。"

警官的话让高泽洋觉得自己悬着的心瞬间踏实地落了地，却又觉得自己的全身力气被抽干了一般。可是，终究心里还是有满满的庆幸。还好老天听到了自己的祷告，还好，那个人不是赵雅琳

从警察局出来，高泽洋还是觉得心慌。担心了一夜，害怕了一夜，总算证实了却又觉得那么那么的不真实。

8

穿过昏暗的，长长的过道，小雨终于走到了酒吧内部人员的休息室。今天是小雨第一天上班，她还精心地给自己化了妆。很巧，潇潇也在。

潇潇抬头看到小雨的瞬间，显然很惊讶。因为上次吴深秋带小雨过来的时候，她就对这个女孩印象深刻，因为潇潇看到小雨坐在高泽洋的身边。

"你怎么会来这里找工作，要知道，这种场合并不适合你。"潇潇抽着烟，殷红的唇里慢慢吐出这些话。

"我要生存，而且，没有做过，怎么知道合不合适。"小雨也是淡淡地说这些话。不免让潇潇多看了她一眼。

"好吧，不过我告诉你，在这种场合工作就要学会伪装自己。你化得淡妆太清纯了，这样很危险。"说着，潇潇起身从自己的化妆包里拿出化妆品帮小雨化妆。小雨也不反抗，任由潇潇为自己化

借我一寸微光

上伪装的面具。

"你认识高泽洋？"潇潇边为小雨画着黑色的眼线，边假装漫不经心地问小雨。听到这个名字，小雨也惊讶了："怎么？你也认识他？"

潇潇停下手中的动作，看着小雨点点头，算是回答。接着又问："你们怎么认识的？"

小雨自嘲地笑了笑："我去找瑾瑜，但是没等到他。回来的火车上，他坐在我旁边，我发高烧了，是他送我去医院，还照顾了我一段时间。"

听到小雨这么说，潇潇的内心竟然闪过一丝醋意。不得不承认，潇潇是爱上高泽洋了，尽管在夜场工作的女人说"爱"很可笑。潇潇也许抽烟，也许和很多人暧昧，但是她从不是个随便的女人。

"你别怪安琪，她也不容易。"潇潇给小雨画眉，突然话锋一转，从高泽洋的身上转到了安琪身上。听到这个名字，小雨的心明显地撕扯了一下。小雨看着潇潇，很是不解。若说不容易，有谁能比自己不容易？

"她家里没什么人，就一个奶奶，她一心只想让她奶奶过上好的生活，所以才会辍学打工。谁知道第一份工作还没干上两天就被辞了。前段时间她奶奶又摔死了，瑾瑜和她肚子里的孩子算是她唯一的依靠了，所以她才会抓着不放。"潇潇轻描淡写地说着，语气里的叹息像天空中的浮云，散开来，遮了小雨的世界。

小雨沉默着不说话，这些都是她不知情的内幕。其实她早已原谅了安琪，从她看到她挺着大肚子和瑾瑜吵架的样子，从她看到她

洗衣做饭像个妇人，对她的恨，早已消失了。

"好了，你看看。"潇潇将小方镜递过来。小雨接过镜子，不禁被镜子中的容颜吓了一跳。黑色的眼线，黑色的眼影，将目光中的胆怯、懦弱、干净，彻底地掩盖。苍白的脸，红艳的唇，充满了无限的诱惑。

"对了，化了妆，就别哭！"这是潇潇最后留下的话，然后就给自己化妆去了。小雨依旧看着镜子中陌生的自己，已然像换了一个人一样。她甚至害怕，当瑾瑜看到现在的自己，还会不会认得出。

"化了妆，就别哭。"这是潇潇的座右铭。她始终将浓妆视为自己的面具。如果哭了，眼泪就会洗净所有的伪装，不仅如此，还会让自己变丑。

就在这时，并不大的休息室里进来一女生，长长的发遮住了半张脸。小雨透过镜子看她。只见她将她的发全部拢起，顿时露出了那半张带着大块紫色胎记的脸。小雨透着镜子看了她好久，她什么都没说，也没抬头看谁，自顾自地抽着烟。

印象中，她好像也是这里的歌手，有独特的嗓音，能唱各种风格的歌，唯一的缺陷，就是她脸上的紫色胎记。所以她总是用长长的黑色头发遮住这缺陷。如果没记错，小雨应该就排在她的后面。她唱完，下一个就是小雨了。

似乎在"蓝色"酒吧上班的人，都有一个共同的气质，那就是冷漠，都是自顾自地抽烟，自顾自地唱歌、跳舞，眼神里的淡漠让人不寒而栗。若不是潇潇和小雨都认识吴深秋，认识高泽洋，认识安琪。潇潇也不一定能主动和小雨说话。

不一会，那女孩灭了烟，放下扎起的头发随意梳理了一番，就走出了休息室。

"她叫阿紫，是个孤僻的女人，但是歌声很不错。"潇潇突然走过来对小雨说。

小雨抬头，见潇潇已经化好妆，便和潇潇一起走出休息室。此时，酒吧内早已人声鼎沸。流光溢彩的彩色光线，震耳欲聋的音乐，舞动的人群，还有那香水和烟草以及干冰混合的欲望的味道弥漫在空气里。

小雨在潇潇带领下坐到一个角落的位置，叫来一杯可乐和一杯橙汁。

9

小雨坐在一旁，像个世外的人看着世人的表演，再疯狂的人潮，再 high 的音乐，都激不起小雨的激情。她安静地喝着可乐，犹如一幅静态的画。

猛地，灯光暗了下来，音乐静止。全场陷入一种冷静的状态。紧接着，轻柔的音乐响起，小雨看到阿紫拿着麦克风，等待着前奏完毕。遮住她半张脸的黑色长发，在灯光下发着神秘的光。

阿紫开口轻唱。这首歌小雨并没有听过，阿紫的嗓音配上这忧伤的音乐，让小雨觉得痛。那是心底发出的痛，像是阿紫拿了把温柔的刀撬开了自己血淋淋的心。

"这首歌是阿紫写给她男朋友的。她唱的歌基本都是她的原创。”潇潇在小雨耳边说道：“也是在这个酒吧认识的。但是，他男朋友最后因为她的胎记抛弃了她。所以阿紫最大的心愿，就是赚钱，做手术，将脸上的胎记去掉。”

小雨愣愣地看着灯光下的阿紫。她是美貌的，她是有才华的。她的嗓音带着淡淡的哑，是让人心痛的。小雨觉得一个人男人因为阿紫的胎记而抛弃她，是愚蠢的。

一曲过后，阿紫走下台，人群又陷入了一阵狂欢里。仿佛刚刚的安静，是上个世纪的事。

“待会你出场，紧张吗？其实也不用紧张，灯光打下来，你是看不到底下人的，你就当作这里只有你一个人。”潇潇又点燃一支烟。红色的火点在黑暗里发着光。其实，小雨一点都不紧张。这算是小雨第一次登台，可小雨觉得自己的内心像无风的海面，平静得没有一丝波澜。

“高泽洋。”潇潇用下巴示意小雨。小雨顺着潇潇示意的方向望去，果然是他。他穿得很休闲，正站在酒吧门口四处张望。

“我们过去吗？”小雨问

“不了，你去和他打声招呼吧。”

小雨点点头，向高泽洋走去。潇潇看着小雨的背影，目光慢慢随着小雨转到高泽洋身上。

“来给我捧场吗？那你来得很及时。”小雨走到高泽洋的身边。今天小雨第一天登台，可是她并没有告诉任何人。高泽洋看到小雨，惊讶得几乎说不出话来。他没想到小雨说想来唱歌，就真的来了；他更没想到小雨竟然可以这样打扮，像朵黑色的曼陀

罗，散发着充满毒性的香。

高泽洋是来找潇潇的。自从第一次来这里买醉，这里就仿佛成了高泽洋夜晚的归属。他想不出还能去哪，他无法面对一个人的房间，他更不知道怎么去面对那些恐怖的画面。至少没有找到雅琳之前，他会陷在自己的牢笼里。

"哦……你要开始表演了吗？"高泽洋极不自然地接话。小雨点点头："待会。潇潇在那边，要过去吗？"小雨指着那个黑暗的角落对高泽洋说。

于是，三个人碰面，在酒吧黑暗的角落里。

"好久不见，潇潇。"高泽洋打招呼。似乎从那一夜过后，高泽洋就没来这里了，也没再见潇潇了。每一天，潇潇都会在这里期待能看到高泽洋的身影。说不上为什么，只是内心的一种期待，但并不知道自己期待的是什么。

潇潇只是笑着点头。看到高泽洋，内心必然欣喜，只是她早学会了不露痕迹。

10

很快，轮到小雨登台了。潇潇和高泽洋在底下喝着酒。两个人各怀心事地聊着，却都默契地没有提那一晚的事。

小雨站在台上，灯光打亮了脸上的妆。果然如潇潇所说的，她看不到底下的人，顶多隐约看到几个晃动的人头。

小雨的嗓音是干净的，声音里纯得没有一丝杂质。而阿紫此时也坐在一个安静的角落，喝着酒，抽着烟看着新来的歌手唱歌。小雨选的是一首大家耳熟能详的慢歌《街角的祝福》。

小雨的声音太清亮，唱不出歌里的无奈和悲伤。可这又有什么关系呢？谁都不可否认，小雨的歌声是好听的。

小雨一连唱了三首歌，然后下台，脸上停留着兴奋的表情。大家对她相当捧场，合唱的，互动的，搞得气氛一片温暖。

"看不出来，你还会唱歌呀！"小雨刚要往潇潇那边走，却被吴深秋叫住了。小雨惊讶地转头，一脸欣喜："秋，你怎么来了？"

"我来捧你场啊，可惜承夜上课过不来。"

小雨在秋的身边坐下，自己倒了杯酒喝着。刚要开口跟秋说些什么，只觉得臀部有一只手在不安分地游移着。小雨警觉地转过身，只看到一胖胖的中年男子，油光满面，正色眯眯地看着自己。他似乎是喝醉了，手有一下没一下地触碰小雨的身体。小雨只觉得一阵气愤，却又不知道该如何是好。然而，这一切却被秋尽收眼底。秋从凳子上下来，抓住那男子的衣领就是一拳。

人群突然混乱了。男子和秋厮打在一块，撞翻了好几张桌椅。许多人停止了扭动，围了过来。潇潇和高泽洋也朝这个方向望了过来，见到是秋，潇潇忙喊来保安，将那个喝醉酒的男子拖了出去。

酒吧里气氛渐渐恢复，潇潇边给秋用冰敷脸边数落道："干吗这么冲动？"秋低着头不说话。小雨坐在一旁一脸愧疚，一言不发。

"你还好吧？"高泽洋见小雨的脸色不对劲，忙关切地问。小雨点点头。

就在这时，秋突然从座位上站起来，拉着小雨就往外走。小雨

一路挣扎，却抵不过秋的力气，终是被秋带出了酒吧大门。

"我不准你在这上班了，你说你能应付，你看看今天遇到的都是些什么人。"秋的情绪很激动，仿佛是愤怒到了极点。小雨看着秋，被如此震怒的秋吓了一跳。

"请你冷静点好不好？酒吧里有保安，你为什么这么激动？"小雨大声地喊着。

"因为我不想好兄弟喜欢的女孩天天在这种场合被欺负！我不想安承夜整天为你担心。"

小雨愣了一愣。空气顿时静谧了，只有夜里的冷风缓缓地吹着，看似轻柔，却让穿着单薄的小雨冷得颤抖。

"我的事情，不用你管！"小雨丢下最后这句话，就走进了酒吧，完全没有回头看愣在身后的吴深秋。也许这句话真的太伤人，吴深秋竟然无言以对。

11

吴深秋没有再回来，好像被那一句绝情伤人的话打回了自己的巢穴养伤去了。小雨深深地吸一口气，穿过嘈杂的人群，走到高泽洋和潇潇身边，坐下。

"他呢？"高泽洋关切地问。

小雨沉默，端起桌上的酒一饮而尽。她来做这一行，早就做好了一切的心里准备。今天确实是吴深秋冲动了，在这种场合，那么多人喝酒，那么多人喝醉，又有那么多人会露出肮脏的本性。这样又算什么呢？至少自己早就知道会这样。

潇潇看着小雨的样子，对高泽洋摇摇头。

小雨在酒吧里越坐就越觉得气氛压抑，只觉得自己在喷射的干冰里几乎没办法呼吸。

"我出去透透气。"小雨冲潇潇和高泽洋说，然后没等他们答应就走了出去。外面的空气虽冷，但是小雨至少可以顺畅的呼吸了。

"求求你，别走！"

小雨听到一个苦苦乞求的女声，循声望去，居然是阿紫。阿紫拉着一个男生的手臂，乞求他别离开。

他就是阿紫的前男友？就是阿紫为他写歌的那个男人？黑暗里，小雨看不清男人的面容，只是觉得身材高瘦，穿着时尚，像个混迹夜场的男人。

"放手，你给我放手。"男人扯着自己的手臂，阿紫却死都不肯放手，嘴里还在苦苦哀求着。最后男人终于失了耐心，竟然给了阿紫一脚，正中阿紫的腹部。阿紫迫于疼痛终于放了手，倒在了地上。眼泪洗花了阿紫的妆，她倒在地上撕心裂肺哭的样子，狼狈极了。

小雨忙上前边扶起阿紫，边冲着那个男人吼道："你欺负一个女人算什么男人？"小雨说这句话的时候愤怒极了。也许是自小留下的印象，每次看着后爸打母亲的时候，她恐惧，她憎恨，她觉得对女人动手的男人绝不是好男人。

"这女人自己不要脸拉着我不放，我这还是客气的。你少管闲事。"男人一副欠揍的嘴脸，说完还在地上啐了一口，然后大摇大

摆地走了。

阿紫还在哭，手一直捂着腹部，表情狰狞而痛苦。小雨用尽力气想将阿紫扶起来，阿紫却如同一滩烂泥一样，怎么也站不起来。

"阿紫，你没事吧？"小雨关切地问。阿紫抬头看了小雨一眼。小雨看到她那被泪水洗花了的眼妆变得极其可怕，那深陷的眼窝被眼影染得漆黑一片，泪水流过留下了黑色的印记。

"不用你管。"阿紫一把甩开了小雨，一个人踉跄地起身，一步一拐地朝酒吧大门内走去。

小雨看着阿紫踉跄的背影，只觉得看到了另一个自己，同是为情所困。阿紫傻，自己又何尝不是呢？

小雨走进酒吧，看到阿紫正在一旁的角落里抽烟，便朝阿紫走去，坐在了阿紫身边。阿紫看了小雨一眼，递过来一支烟。小雨接过，点燃，装模作样地抽了起来，却被呛了一口，直咳嗽。阿紫嘴角浮起一丝丝笑意："不会抽就别勉强了。"

小雨尴尬地看着阿紫，本想这样会拉近距离，却暴露了自己的弱点。

"你想问我什么？"阿紫看着台上扭动着的潇潇，淡淡地说。好像比起刚才冷静了很多，也友善了很多。看得出，阿紫是个倔强的人，所以不愿别人看到自己的伤口和狼狈。

小雨摇摇头："我不想问你什么，我想说个故事给你听。"

阿紫饶有兴趣地转过头来，看着小雨。小雨缓缓开口，说出自己的故事："我爱过一个男人，他却和我的好朋友在一起了，他们两个人一起走了。我不死心地在他的城市的火车站等了一天一夜。

他没有来，后来我发现我怀孕了，可是孩子死在了肚子里，做完手术后我再也没有了做妈妈的机会。可我还是不死心，找到了那个男孩。可是看到他和她的窘迫，我又退了回来。你觉得我们的区别是什么？"

阿紫笑了笑："你没了执著的理由，而我却有。"

"你没事吧？要去医院看看吗？"小雨关切地问，而没在那个话题里继续纠结。她觉得她是那样的了解阿紫，就像自己一样。若是没有看到安琪和瑾瑜的窘迫、争吵。自己又怎么会死了心。

阿紫摇摇头："我没事！"

12

小雨习惯了反常的生活。习惯了夜晚的喧闹和白天的沉睡。每天凌晨四五点回家，洗完澡，卸了妆，便倒头大睡。第二天醒来，已是下午。小雨的窗帘永远阻隔着房间内和房间外的光线。于是，小雨的房间就像夜晚一样，安逸而黑暗。

小雨起床，化了妆，吃个饭，就差不多可以去酒吧了。

"小雨，你来啦？"出乎意料的，阿紫居然主动和小雨打招呼，样子也和善多了。看来，是那天的交谈，让阿紫和小雨变得熟络。

"是呀！"小雨笑着答道。潇潇看着小雨和阿紫热络的样子，嘴角浮起一丝笑意。好像，这是从来没有过的温情。在这个场所里工作，大家都认识，但是只是认识，并不会多说一句废话。只有小雨，才能让大家有了朋友的感觉。

"小雨，你今天的妆不错，看来是越来越熟练了。"潇潇笑着说。小雨跟阿紫也跟着笑了。都说三个女人一台戏，如今阿紫和潇潇两个平时井水不犯河水的人，因为小雨，却变成了朋友。

高泽洋不来的时候，她们三人就一起坐在角落聊天。聊天内容可以从男人到女人到化妆品再到服装品位。显然，小雨是公认的最土的歌手。风格太清新，连着装都少了夜场女人应有的味道。所以，很多时候，潇潇和阿紫就一起给小雨挑衣服，搭配手势。在两人的帮助下，小雨越来越像夜场里的女人了，也没了原来的胆怯和不自信。

很多时候，都会遇到不规矩的客人，三个人就会一起对付。三个人形影不离，成了"蓝色"酒吧的三大花旦。

"哟，这不是歌手阿紫嘛，也不看看自己长什么样？还来这种场合丢人现眼。"只因阿紫从厕所出来的时候，不小心撞到了酒吧内坐台的女孩小凌，小凌便得理不饶人地对阿紫一阵数落和侮辱。本来，歌手和小姐也是井水不犯河水的，但是酒吧内看不起阿紫的人确实很多，特别是那些自认为自己是天下第一美人的女孩。

潇潇和小雨走在后面，看到此情此景，十分气愤。小雨刚要冲上前去和小凌理论，潇潇一把拦住，摆出了一幅临危不乱的架势："哟，这不是咱们公主小凌嘛。也不看看自己卖的是什么，还真觉得自己高贵呀？"

小凌显然没有想到潇潇会帮着阿紫说话，气急败坏却说不出话，一直"你你你"也没你出个所以然来。

潇潇露出一丝讽刺的笑："别你你你的，阿紫卖的是歌艺，是本事，你连阿紫脚趾头都不如，还在这显摆个什么劲？显摆你是个卖身的吗？以后守好自己的本分，少出来丢人现眼。我们走。"说着，潇潇拉着阿紫和小雨从小凌的身边走了过去。

"你给我等着！"小凌在身后愤怒地吼着，像头母狮。潇潇也没理会，跟没听见似的。回到座位，小雨和潇潇差点笑岔了气。只是阿紫一直闷闷不乐，强颜欢笑着。潇潇和小雨都看出了阿紫的心思。那块紫色的胎记，一直就是阿紫的心病。

"阿紫，你就是我心中的大美女。"潇潇突然给了阿紫一个夸张的拥抱。小雨见状，也抱了上去："我也是我也是，你还是我心中的大才女。"

阿紫终于笑了。三个女孩的快乐，就是这么的简单。

13

三个女孩乐得其所，可是，潇潇的心里一直有一个疑问，那就是高泽洋。高泽洋很长一段时间没来酒吧了。也不知道他在忙些什么，或者说，他找到了他的女朋友？或者说，他的身边已经有了另一个女孩？想到这儿，她不禁心里一阵失落；想得出神，连小雨喊她都没听到。

"潇潇！"小雨提高了嗓门，潇潇吓了一跳，猛地回过神来："什么？"

小雨眉头微微皱起："想什么呢？这么出神，连我喊你都跟没听见似的。"

　　"想喜欢的男人吧。"还没等潇潇开口，阿紫就抢着打趣道。潇潇一愣，连忙否认。脸上居然浮起一丝害羞的神情。阿紫和小雨都不是什么不谙世事的人，这点心思自然是瞒不了她们的。

　　小雨笑着说："跟我们说说呗，你男朋友谁啊？我们见过吗？"阿紫连忙搭腔，兴趣十足的样子。

　　潇潇被这样突然的问题问得无所适从，一下子竟然失去了平时的冷静和淡定，不知如何作答了。

　　"说说嘛，这都不说你也太对不起我们了。"小雨不依不饶地追问。潇潇被追问得没办法推脱，只好从实招来，说的时候，脸上竟然露出了难得的羞怯："小雨你认识的。不是男朋友，只是我喜欢他，但是……他不一定喜欢我。"

　　小雨一惊，居然自己认识，皱着眉头思考了起来。

　　"小雨，是谁啊？"阿紫好奇地问。

　　"难道是秋？"小雨不确定地问。想到这儿，小雨又想起自那天自己说了那句"我的事情不用你管"之后，秋就再也没有来过了。可能，秋到现在还在记恨着自己呢。若是潇潇真的喜欢秋，小雨真觉得尴尬了。

　　只见潇潇摇了摇头。

　　小雨的眉心皱得更深了。既然排除了秋，那么，就只有高泽洋了。

　　"是高泽洋？"小雨恍然大悟地问道。只见潇潇沉默了。顿时，阿紫和小雨都心里有数了，就是高泽洋。对这个答案小雨显然意外极了，这是她完全没想到的，特别是，确定了潇潇喜欢的人就是高泽洋之后，小雨的心里，竟然萌生出了一种酸涩。

　　小雨小小地惊讶过后，不露痕迹地说："唉呀，原来真的是高泽洋啊！你竟然隐藏得这么好，我们都没看出来呢！"

　　都说人后不能说人，这句话一点不假。说曹操曹操到，高泽洋突然出现在她们面前："你们说什么呢？这么开心？"高泽洋的突然出现让潇潇脸红到了耳后根，不禁担心刚刚的话高泽洋到底有没有听到。她既担心又期待。

　　"我们说潇潇……"阿紫刚要开口，就被潇潇捂住了嘴巴。潇潇忙扯开话题："没什么，你好像很多天没来了。"小雨在一旁，什么也不说，内心有些复杂的情绪连自己都理不清楚。

　　高泽洋笑着说："这几天公司有点事，一直在忙。"

　　潇潇的脸上露出喜悦的表情。潇潇庆幸，高泽洋不是因为别的女人而没来酒吧。潇潇甚至自私而邪恶地祈祷，但愿那个失踪的女孩再也不要出现在高泽洋的面前。

　　"有她的消息吗？"小雨关切地问。高泽洋看着小雨，无奈地摇摇头，随即又释然地笑了起来："前几天新闻报道了一个女死者，我还以为是雅琳，不过确认了，还好不是。"

　　小雨也欣然地笑了笑。如果那个死者真的是雅琳，小雨也不会心安的，毕竟，雅琳的失踪和自己多少有些关系。

　　"潇潇，赶紧，该你登台了。你忘记了呀？"阿紫见时间差不多，忙提醒潇潇。潇潇这才回过神来，连忙跑过去准备。

　　高泽洋这次点了啤酒，坐下来与小雨和阿紫喝了起来。

　　就在潇潇在台上热舞的时候，小雨突然对高泽洋问道："泽洋，你知道潇潇喜欢你吗？"这一问，把高泽洋和阿紫都问愣了。高泽

洋一脸错愕，不自然地端起杯子喝了一大口酒。见高泽洋不回答，小雨继续说道："潇潇是个好女孩，不管你喜欢她或者不喜欢她，你都不可以伤害她。"

高泽洋心里顿时产生了不安。他不知道小雨是否知道了那一晚的事，如果是这样，那自己又该如何作答呢？高泽洋点了点头，吐出"我知道！"三个字。然而听到高泽洋的回答，小雨竟然觉得自己的心在下坠，好像掉进了无底洞里。但是转念一想，又觉得这样是再好不过的结局。

14

吴深秋再来酒吧的时候是和安承夜和婷薇一起来的。安承夜听说小雨搬出了秋的家还来夜店唱歌了，对秋发了一顿脾气。他责怪秋没有照顾好小雨，他责怪秋不该让小雨搬出来，还去夜店上班。

"她要去我能把她绑在家里吗？我有什么资格管着她？"秋懊恼地吼着。

婷薇站在一旁，看着兄弟俩差点因为小雨反目成仇，内心又是羡慕又是嫉妒。因为，安承夜这样温和的人，居然因为那个平凡的小雨而冲着自己最好的兄弟发了这么大的脾气。婷薇连忙劝道："每个人都有自己想做的事，任何人都不能帮她决定未来的路和命运，不是吗？"

婷薇的话让安承夜冷静不少："对不起，我太冲动了，你别在意。"安承夜忙跟吴深秋道歉。吴深秋自然也不是小肚鸡肠的人，他又怎么会生安承夜的气。他理解安承夜的心情，安承夜在乎小雨。

于是，在安承夜的要求下，三个人一起来到了"蓝色"酒吧，试图说服小雨辞职。

显然，当安承夜看到如今化着浓妆、穿着性感的小雨时，几乎认不出来了。不止是外形，还有气质，这和他心目中的小雨差别太大了，就像两个人，一个清纯，一个妖冶，一个明朗，一个阴暗。看到小雨的时候，安承夜惊讶地说不出话来。

"承夜哥哥，你来啦？"小雨依然用那么平淡和明朗的声音对安承夜说。安承夜愣愣地点头。

小雨早就知道会有这一天。她来这里上班，无论如何都是瞒不住安承夜的。安承夜会来，也是早晚的事，小雨早就做好了心理准备。然而，见到秋，她愣是尴尬了。

"秋，上次的话你别往心里去，我不是有意的。"小雨对秋说。虽然化了浓妆，黑色的眼线改变了小雨的眼形，可目光里的虔诚依然没有改变。秋装出无所谓的样子，哈哈大笑道："哈哈，你说什么呢？我都不记得了。"

小雨也跟着笑了："你们先坐，待会我唱歌给你们听。"

就在这时，潇潇和阿紫也走了过来。小雨一一给他们做了介绍，大赞阿紫是个才华横溢的女子，赞得阿紫都不好意思了。

本来准备了一肚子的愤怒和劝谕，看到如今的小雨，安承夜再也说不出话来了。看得出来，小雨在这个场合很适应，也很开心，特别是还有潇潇和阿紫这些仗义的朋友。于是对于小雨来夜店上班，他也就无奈地默许了。

"潇潇，阿紫，小雨刚来，以后你们多照顾。"吴深秋对潇潇说道。其实吴深秋不说，就凭她们认识这么多年，潇潇也会帮忙照顾的。特别是现在，和小雨这么铁，自然是义不容辞的："废话说的，小雨是我姐妹，我能不照顾吗？"

一群人干杯，笑得特别开朗，唯独安承夜。他觉得，小雨变了，再也不是从前的小雨了，离自己越来越远了。不过也是今夜，他才发现自己从未曾了解过小雨，至少他从来就不知道小雨唱歌是好听的，他甚至不知道小雨会唱歌。但是无论如何，都改变不了小雨在他心里的位置，守护小雨是一种改不掉的责任。从年少时站在巷子口看到被养父追打的小雨开始，这个责任感就未曾改变过。

小雨一曲完毕，下台来。一直沉默在旁的婷薇就举起了杯子对小雨说："小雨，你唱得真好听。"小雨微笑着，举起杯子碰了一下婷薇的杯子："谢谢！你的钢琴才是最棒的。"

喝完一杯，小雨又倒了一杯酒，举杯对吴深秋说："这杯敬你，算是道歉，你千万别往心里去。"吴深秋豪气地举起杯子："没什么，多大点事儿呀！"

从酒吧出来，安承夜和婷薇一起走回学校。自从那次校庆合作后，婷薇和安承夜相处也多了，甚至在校园里，都已是公认的情侣了。只是婷薇知道，别人怎么说都没有用，自己并没有得到安承夜的心。

清冷而昏暗的街灯拉长着两个人的身影。虽然已是四月，但是夜晚还是让人觉得寒冷。婷薇穿得单薄，安承夜便脱下自己的外套："女孩子身体弱，小心感冒了。"安承夜为自己披上外套的时候，婷薇只觉得内心一阵暖意。安承夜的关心如此温柔，让人陶醉。

安承夜突然说道："有没有觉得小雨变了，与我们上次见她不同了。"

婷薇微微一笑，内心却无比欣喜。安承夜愿意跟自己谈论心底的东西，自己也就靠近了安承夜的心一步。这对婷薇来说，就像干涸的大地突然接受了雨水的滋润，哪怕只是绵绵细雨。"改变是必然的，在这个场合，即便是伪装也得让自己变成那个样子，不然会显得和那个场合格格不入，不是吗？"

安承夜赞同地点点头，顿时宽心不少。小雨没有变，只是在伪装而已。

婷薇犹豫了一下，终于还是说："承夜，除了小雨，你会喜欢上别人吗？"安承夜短暂地思考了一会："我不知道。"

安承夜真的不知道，就像如今的小雨，并不是自己喜欢的样子。安承夜心里的小雨，永远是自己十四岁离开那个小镇之前的小雨。

婷薇的心里闪过一丝庆幸。还好，安承夜没有坚定地回答出"不会"两个字，那如同宣判了自己的死刑。但是，安承夜既然愿意和自己讨论这个问题，就代表安承夜是真心把自己当朋友了，所以绝对不可以让安承夜失望。

15

阿紫喜欢的那个负心男人叫阿哲。平时，阿紫从不提起他，因为提到阿哲就如同揭自己的伤疤，除了疼痛，什么都没有。潇潇和小雨也不会多提，但是潇潇和小雨的意见一致，认为阿哲是个不可

靠的男人，他们不知道阿紫为什么会如此执迷不悟。阿紫拼命地赚钱，攒钱，就是为了做手术，去掉脸上那一块丑陋的胎记，而这一切，却都是为了阿哲。

阿哲再来到酒吧的时候，阿紫刚好在台上唱着写给他的歌。阿哲喝着啤酒，也没多看阿紫一眼，倒是看起了酒吧里形形色色的美女。是潇潇先发现阿哲的，然后指着他告诉小雨："这就是阿紫的男人，阿哲。"

"我知道，我见过他。上次他对阿紫动手，我去扶了阿紫一把，所以才和阿紫有后来的交往。"小雨看着阿哲，愤恨地说起阿哲对阿紫动手的事。

"我说呢，你们怎么忽然就熟络起来了，原来是这样。今天他来干吗？难道是想当着阿紫的面泡妞？"潇潇说。

就在这时，阿紫也从台上下来。她一眼就看到了人群里的阿哲。

这次，阿哲的态度倒是谦卑了不少，对阿紫客气殷勤得像换了个人似的，让潇潇和小雨都大跌眼镜。阿紫看阿哲如此客气，便把阿哲叫到了自己这边来喝酒。小雨和潇潇看着阿哲如此，总觉得阿哲无事献殷勤，没安好心，但是碍于阿紫的面子，也没摆好脸色给阿哲看。

没过一会，阿哲就露出了狐狸尾巴。原来，他是来问阿紫要钱的。明明是自己缺钱花，倒是像来跟阿紫要债似的。

"阿紫又不欠你，你凭什么呀？"潇潇看不过去了，愤怒地冲阿哲吼道。阿紫竟然没出息地护着阿哲，让潇潇别说他。看着阿紫懦弱的样子，小雨也气愤了。可是，阿紫跟被迷了魂似的，竟然拿出银行卡递给阿哲："密码你知道。"

阿哲拿着卡，大摇大摆，一脸小人得志的样子离开了。看着此情此景。小雨和潇潇都恨不得打阿紫一顿。

"难怪你这么久都没有存够钱，你脑子被驴踢了吧？"潇潇骂阿紫。小雨显得冷静，不过不冲动不代表不气愤。她也责怪阿紫傻，她也觉得阿紫这样太不值："阿紫，你应该知道我和潇潇都是为了你好，我真的搞不懂是什么让你执著到这个地步，蠢到这个地步。"

阿紫知道，这件事会让潇潇和小雨对自己失望。以前阿哲问她要钱，她都给，只是她们不知道，如今是当着潇潇和小雨的面做了这么没出息的事。潇潇性子急，阿紫并不怪她，她也知道她们是真心地心疼自己。可是，自己内心的苦涩，也只有自己知道。

"潇潇，小雨！"阿紫一句话让小雨和潇潇都冷静了下来。

原来，阿哲喜欢的人不是阿紫，而是她同父异母的姐姐流苏。流苏、流紫两姐妹自然是天差地别的。姐姐流苏漂亮，高挑，大方，是公认的美女。而自己，却是丑小鸭，就因为左脸那一块紫色的胎记，所以才会取名流紫。姐姐流苏是个善良的女孩，她知道流紫得到的少，拥有的少，所以自然也会对她特别爱怜。她从不排斥阿紫难看的胎记。

阿哲和姐姐是在学校的时候就认识了。阿哲对姐姐很好，可是，流紫却在看到阿哲的第一眼就喜欢上了他。年少的她和善良的流苏都以为爱情可以转让。阿紫天真地想，只要她和姐姐说，姐姐一定会让给自己的。

果然，当姐姐知道阿紫也喜欢阿哲的时候，竟然做出了最傻的

举动，提出了和阿哲分手。阿哲愣在原地，姐姐则在阿哲没反应过来之前回头就跑，结果就在阿哲的眼前被突然失控的卡车撞死了。

说到这儿，阿紫已是泪流满面了。

姐姐死前交代阿哲，要好好爱她的妹妹，也就是阿紫。而阿紫却一直在赎罪，在向阿哲赎罪，在向姐姐流苏赎罪。她的歌，一半是给阿哲写的，一半是写给姐姐的，所以才会那么的悲伤，那么的动人。

阿哲按姐姐说的，照顾着阿紫。可是，当阿哲得知流苏是因为流紫才和自己说分手，才遭遇的车祸，他的态度大变，阿紫也一直活在自责里。现在她知道爱情不可以转让，这样对阿哲，也是因为阿哲是姐姐爱的人，所以她要代替姐姐好好爱他，哪怕阿哲从没爱过自己。

也是因为姐姐的死，阿紫才会被父母抛弃，才会一个人出来唱歌赚钱。

16

听着阿紫的故事，潇潇和小雨都沉默了。她们不知道，原来阿紫的内心里，如此的酸涩。但是即便如此，她们也没对阿哲增加好感。就算阿紫有错，阿哲如果是好人，是绝对不会这样对待阿紫的；或者，假如流苏还在，按着阿哲的性格，也会伤害流苏的。

小雨叹了一口气："阿紫，你应该庆幸你的姐姐在爱情最美好的时候走了。你有没有想过，如果你的姐姐还在，阿哲却背叛了她，伤害了她，那她会怎样？如果阿哲真的爱你姐姐，就会听你姐姐的交代好好爱你。即便不是爱，也会对你尽可能的好。你看看他现在的样子，他可以这样对你，也可以这么对你姐姐。不是吗？"小雨说的是实话，也是为了安慰阿紫，让她不那么自责。

阿紫眼里含着泪，声音哽咽着："我也觉得阿哲变了好多，已经不像我当初认识的阿哲了。可是我逃不掉内心的负罪感，如果我不那么自私，姐姐就不会死。"

潇潇见状，忙安慰道："阿紫，你的姐姐这么爱你，她一定不会怪你，也不记恨你。她一定希望你过得好，而不是活在痛苦和自责里。而且她可以为了你舍弃阿哲，就代表，在她心里你比阿哲还重要，所以她宁可伤害自己也不愿意伤害你，又怎么希望你被阿哲伤害？"

潇潇一番话令阿紫大悟。原来自己从未了解过姐姐的心意。

"尽可能对自己好，才是对你姐姐最好的回报。"小雨也接着说道。阿紫点点头。隐忍了这么久，委屈了这么久，自责了这么久，一直以来都强装坚强，实在太累了。阿紫跑进卫生间。

再出来的时候，她依然是一脸精致的妆，只是眼睛通红。是的，浓妆女孩不哭泣，即便哭泣，也不会让人看到自己狼狈的样子。若是哭花了妆，便洗了脸重新化，依然神采奕奕，依然风采照人。

"阿紫，以后不要再受阿哲欺负，如果我是你的姐姐，我也不希望看到自己妹妹这样。"小雨安慰道。

阿紫笑了，点点头。虽然左边脸被长发遮住，可是，阿紫依然是美女，是个善良而倔强的女子："小雨，以后我写歌给你唱。"

　　小雨喜出望外，满口答应："好啊，我喜欢你的歌，每一首都那么动人。"

　　于是，三个女孩又笑了。

　　阿紫很快就兑现了承诺。没过几天，她就把新歌的歌词和伴奏交给了小雨，还邀请小雨到自己家来练歌。于是小雨叫上了潇潇，一起去。一进阿紫家才知道，阿紫的家已然是一个专业的编曲工作室，各种专业的软件，合成器，还有录音设备。

　　阿紫说，她是自学的编曲，加上天生对音乐的爱好，捣鼓了几年，总算是有个专业级别的成果了。小雨和潇潇都看得目瞪口呆。除了那些专业的自己都叫不上名字的器材，还有各种乐器，吉他、架子鼓等，简直可以自己组个乐队了。要不是潇潇是个跳舞的，对音乐也就瞎凑热闹，三个人还真能跟电视里《蓝狐》那样，组个乐队了。

17

　　小雨第一次唱阿紫给自己写的新歌的时候，高泽洋刚好也来到了酒吧。新歌很抒情，小雨的声音甜美，唱这首略带悲伤的慢歌，却又是另一番唯美感人的味道。全酒吧都静了下来，一束追光打在小雨身上，小雨成了整个酒吧的焦点。殊不知，底下有一双眼睛正盯着唱歌的小雨。那双眼如同暗夜里饥饿的狼看到了新鲜食物一般的兴奋。

　　对于这次的演唱，小雨很满意，阿紫也很满意。如同量身打造，只有小雨的嗓音才能衬得起这首歌。

小雨满意地走下台，刚要去找阿紫，却被一个陌生男人喊住：
"你好，能请你喝一杯吗？"男人绅士而礼貌，脸上带着沉着的笑
容，语气礼貌谦恭。看样子，也就三十多岁的样子。

小雨疑惑地看着眼前的男人，并未从他脸上看到来者不善的神
情。她点点头，答应了。小雨刚坐下，男人就给小雨倒了一杯酒，
随即递过来一张名片："你好，我是音乐公司的。我想签你做我们
公司的歌手，如何？"

"星探？"小雨疑惑地问。这年头星探可真可假，要是遇人不淑，
真就一失足成千古恨了。

男人笑了笑："算是星探吧，我是星光音乐公司的总监，正
打算培养一批新人。刚看你唱歌，很不错。经过专业的培训，你
会很棒。"

"你来这里应该不是一次了，为什么选的是我，而不是阿紫？
我这首歌是她写的。"小雨谨慎地试探。她从来就不相信有天下掉
馅饼的事，她觉得命运没有理由要这样眷顾她。

"不得不承认她的实力和才华。但是，她的外形实在不适合，
如果可以，我倒是想让她做幕后。"男人慢条斯理，不缓不急。

显然，小雨是个谨慎惯了的人，并不全信男人的话。男人也看
出了这一点，又温和地笑了："没关系，你考虑考虑，考虑好了打
名片上的电话联系，我随时恭候。"

小雨礼貌地点点头，就回到了潇潇那边。阿紫和潇潇正在摇色
子，高泽洋做在潇潇旁边，看着潇潇一直赢一直赢。阿紫被灌了不
少可乐，若是换成酒，估计待会都没法上台了。

小雨看名片上的名字——古世勤。

"阿紫，有星探说要签我。"小雨坐到阿紫身边说道。潇潇和阿紫立马就停下了游戏。潇潇一把夺过名片："不会是骗人的吧？这年头骗子可多了。"阿紫若有所思："如果是真的也不是件坏事。"

"给我看看！"一直不说话的高泽洋从潇潇手里拿过名片仔细看了看，随即爽朗地笑了："放心，是真的。星光音乐公司是我们公司旗下的子公司。你可以考虑看看。"

有高泽洋的保证，大家自然不会怀疑这个星探的真假，反而想得更多的是，究竟要不要和他们签约。如果签了，自然就要抛弃现在的一切，过上另外一种生活了。若是自己不温不火该如何是好，若是很火却如昙花一现，又该如何是好。

"小雨，去吧！会有更好的发展！"潇潇劝道。阿紫也点头表示赞同。可小雨还在犹豫："我再想想吧！"

18

婷薇转到了安承夜的班里，所有人都看得出来，婷薇是因为安承夜而来的，包括安承夜自己心里都明白。安承夜不是木头，他并不是不知道婷薇对自己的感情，就算他不知道，光听其他同学的闲话就了解了。他只是一直装傻罢了。至少此时的自己，心里满满的都是小雨，哪有婷薇的位置；而且，这样对自己，对婷薇都不公平。

婷薇自然是洞悉承夜的想法的，所以她只是静静地守护在安承夜身边，像一朵静静开放的紫薇花，并不触及爱情，只扮演好朋友的角色。也许，正因为婷薇如此的善解人意，安承夜才没有刻意回避婷薇。

平日里，他们会一起讨论音乐，一起写歌，有时候一起吃饭，或者散步。在别人眼中，以为他们已经修成正果。

这天，响起了这一年第一声春雷。大雨，像天空漏了一般，雨水没完没了地往下掉。婷薇站在教室门口等安承夜。

雨水让空气里充满了湿气，婷薇看着眼前磅礴的大雨，眼中透出一丝惆怅。她喜欢安承夜，众人皆知，安承夜也知道，只是谁都不敢让这件事浮出水面，不然，她连留在安承夜身边的机会都没有。那些不能表白的喜欢，婷薇不知道什么时候才能让一切明朗起来。婷薇害怕自己沉不住气，一冲动就将如今的美好都打碎了。

安承夜不知道什么时候出现在婷薇身边："想什么呢？这么出神？"

婷薇被安承夜吓了一跳："我在想，我们都没带伞，该怎么办？"

安承夜愣了愣。随即温和地笑了笑："那就一起冲吧！"

安承夜脱下了自己的外套，两个人将外套撑在头顶，一起冲进了大雨里。为了不让婷薇淋湿，安承夜另一只手搂着婷薇的肩膀，将婷薇紧紧地往自己身上揽。婷薇可以感受安承夜温暖的体温，她觉得好幸福，甚至觉得，只要和安承夜在一起，即便是一起淋雨，也是件快乐幸福的事。

雨太大，外套很快就湿透了。不知道是大雨给了婷薇勇气，还是此情此景给了她动力，婷薇干脆拿下了外套，任由大雨肆虐。婷薇勇敢地牵起了安承夜的手，拉着安承夜狂奔。婷薇好像抛弃了所

有的包袱，笑得很开心，再也没有了一直努力维持的端庄和娴静。那些都是累人的伪装，此时的婷薇才是真实的，疯狂的，不拘的。

安承夜自然为婷薇的疯狂而惊讶，但是很快被婷薇感染。两个人牵手狂奔的身影，吸引了无数路人的目光。

"安承夜，我喜欢你！"大雨里，婷薇大声地喊。可是雨声风声实在太大，婷薇的话很快就被吹散在风雨里。安承夜大声地回应："什么？你说什么？"安承夜并不是装傻，是真的没有听清楚婷薇的话。

婷薇不再作答，只是一直奔跑，一直开心地大笑。

于是校花校草雨中牵手狂奔的事迹又成了一段浪漫的佳话。

19

然而，正是因为那场大雨里的奔跑，让更多人以为婷薇和安承夜已经在一起了。因此，安承夜也开始刻意回避起了婷薇。安承夜会在下课时假装忙的样子留在教室，错开了和婷薇一起去食堂的时间。每次婷薇喊他，他总是轻描淡写地说一句："你先走吧，我还有点事，待会去。"

婷薇是个心思细腻的女孩，自然知道安承夜是在刻意回避自己，只是自己又不能追问。婷薇不知道自己做错了什么，难道就因为那天大雨里自己没有沉住气，在那样的情境下说出了对安承夜的喜欢？难道安承夜确实听到了？这样想着，婷薇的内心不禁一阵懊恼。原来，一切真的被自己毁了。

"安承夜，放学后我们一起去酒吧吧，把秋也叫上，我们去看看小雨。"婷薇终于打破了沉默，想到了用小雨来拉近自己和安承夜的距离。果然，安承夜爽快地答应了。

吴深秋也很久没来酒吧了，这些天，他一直沉溺在游戏里。他的生活像太平洋中央漂泊的船只，没有目标，也没有动力，浑浑噩噩，一直飘着。于是，游戏成了他唯一的发泄口。

当安承夜打来电话，他也很爽快地答应了。

来到酒吧的时候，一个男歌手在唱歌。蓝色酒吧还如以往一样的热闹，气氛火热。

小雨看到吴深秋他们，忙迎了上来："你们好久都没来了呀！很忙吗？"

"嗯，明天周末，这才有时间过来。"婷薇热情地答应着。小雨忙招呼大家坐下。今天婷薇像是和自己过不去一般，拼了命地喝。开始大家还以为她是开心，后来越看越不对劲。几个人面面相觑，不知所以。一群人本热闹地聊着天，最后都把视线转到了婷薇身上。

"她怎么了？"小雨看着安承夜做口型。安承夜无奈地叹了一口气，没说话。

婷薇明显是醉了，倒酒的时候，连瓶子都拿不稳了，总将酒倒到外面。安承夜终于看不下去了，一把夺过婷薇手中的杯子："好了婷薇，别喝了。"

婷薇这才抬起头，用迷离的眼神看着安承夜，然后就悲怆地笑了："安承夜，你是在乎我的。"婷薇的这句话让所有人都知道了怎么回事，婷薇喜欢安承夜。安承夜听到婷薇这么说，居然条件反

射地抬头看着小雨，想跟小雨解释什么，终什么都没说出口。

婷薇还在含含糊糊地说着什么，说着说着就哭了："承夜，你为什么故意躲着我？难道就因为我说了我喜欢你吗？难道我喜欢一个人都不可以说吗？我的心好压抑你知道吗？每次看到你对小雨好，看到你为她失控，我的心就好难受，你知道吗？我到底什么比不上小雨了？哪点？"

于是所有人都把视线转到了安承夜身上。潇潇抽出一支烟，点燃，狠狠地抽了起来。吴深秋见状，忙圆场："看来婷薇真喝醉了！承夜，送她回去吧！"

婷薇猛地站了起来，然后一个不稳又跌坐了下来："我没有醉，我很清醒，我今天终于有勇气说这些话了。我告诉你安承夜，不管你怎样对我，都改变不了我喜欢你。"

安承夜扶着跌跌撞撞的婷薇对大家说："她喝多了，我送她回去。"然后扶着婷薇出了酒吧门。

出租车上，安承夜一直没说话。婷薇靠在了安承夜的肩膀上睡着了，脸上还有没干的泪水，嘴里还在喃喃地喊着安承夜的名字。安承夜看着婷薇悲伤的面容，内心不禁泛起了心疼。他从来没想过，婷薇会说出这样的话。

婷薇是公主，她才华横溢，她漂亮温柔，她优雅大方。她值得更优秀的人来守护她，为什么她偏偏选择了爱自己。他更不知道，原来自己的一举一动，会不小心伤害了这个脆弱而美丽的女孩。

安承夜扶着婷薇下车，婷薇跌跌撞撞地倒在了安承夜的怀里。婷薇喝多了，她这辈子没喝过这么多酒，也只有喝醉了，她才有勇气坦白自己的内心。街灯下的婷薇，像只摇摇欲坠的蝶，又像一朵脆弱的花朵。安承夜看着狼狈的婷薇，很是心疼。

"走，我们回去。"安承夜扶着婷薇往学校里走。

婷薇突然抬起头，一枚带着酒香的吻就落在了安承夜的唇上。安承夜愣在原地，竟也无法推开婷薇，反而沉浸在婷薇的吻里，慢慢地回应着。

安承夜从来就没想过要伤害婷薇。从来没有。

20

瑾瑜的出现是毫无征兆的。就在小雨觉得自己快要放下的时候，就在小雨觉得自己的生活里，已经习惯了没有瑾瑜的时候，瑾瑜就那么没有预兆地出现了。看着来电显示上那一串号码，小雨愣了。虽然自己在手机的通讯录里删除了瑾瑜这个名字，可是，这一串阿拉伯数字，早已经刻在了小雨的脑子里，像刺青一样。

愣了好久，小雨才接起电话。那是一阵良久的沉默，谁都没有打破。

"喂。"小雨带着复杂的情绪，轻轻地说。

"是我。"低沉而熟悉的声音，带了一丝疲倦和忧伤。

再次听到瑾瑜的声音，小雨想掉眼泪。可是，她现在已经化了妆，她眼眶湿润，终没有让眼泪掉下来洗花自己的妆。

"我知道，有事吗？"小雨强装镇定。

"在哪，我来找你。"瑾瑜淡淡地说。

小雨犹豫了一下，轻轻地吐出四个字："蓝色酒吧。"小雨自然有很多疑问，瑾瑜现在来找自己是出于什么原因，安琪呢？她也一起来了吗？然而，瑾瑜又怎么会出现在这个城市呢？

再次见面，恍如隔世。瑾瑜瘦了很多，一脸倦容。看到此时的小雨，瑾瑜惊讶不已。如今的小雨，化着浓妆，穿得性感，已经完全不像原来的小雨了。可是，瑾瑜告诉自己，既然爱，不管小雨变成什么样，他都不会介意。

两个人面对面坐下。酒吧内还如往常一样疯狂热闹并且充满欲望。他们一时不知道如何开口，倒是潇潇打破了沉默："瑾瑜，安琪呢？"潇潇不客气地问。

瑾瑜看了潇潇一眼，声音有些暗淡："她走了，她自己打掉了孩子，然后走了。我找了她很久，没有找到她。"

潇潇听到这样的消息，猛地从沙发上站了起来，激动地提高了分贝："什么？"

听到这个消息，小雨心里变得凌乱。她没有开心，反而悲伤了起来，为安琪感到悲伤。安琪用尽办法从自己身边抢走了瑾瑜，如今却也是心甘情愿地将好不容易争夺而来的瑾瑜抛弃了。她为了自己和瑾瑜感到悲伤，为了三个人感到悲伤，没想到阴差阳错，还是这样的结局。

瑾瑜又转过头来对小雨说："小雨，你知道的，我一直都爱着你，只是我得对安琪负起责任。和你分开，我很痛苦，我每天都陷在煎熬里。可是，现在是安琪自己放了我，也放了她自己，我们重新开始好不好？"瑾瑜的眼神里满是真诚。小雨愣愣地听着。

　　重新开始，好简单的一句话。负责任，好可笑的理由。那自己呢？自己怀孕的时候呢？他和安琪一起抛弃了自己。自己做手术的时候，他一再食言。即使他有再多的苦衷，可是他给自己带来的伤害却是不争的事实，这辈子小雨都会铭记。如今只一句"重新开始"便可以抵消了那些伤害了吗？

　　小雨努力忍着让自己不哭，却说不出话来，只是一味地摇头。

　　显然，小雨的回应是出乎瑾瑜意料之外的。他一直以为，小雨还在等自己，还爱着自己。他们还可以回到过去。可是，小雨的摇头，是否定了自己所有的自以为是："小雨，我知道我对不起你，但是我保证，我会好好补偿你，我们重新开始好不好？"瑾瑜哽咽地说着。

　　小雨依旧摇头。小雨知道，回不去了，再也回不去了。即便泼出去的水都能收回，她和瑾瑜也再不能回到过去了。他们之间已经有了嫌隙，这嫌隙就像太平洋一样的宽广，两颗心早已被分在了两端。

21

　　看着小雨坚定的样子，瑾瑜一脸的沮丧。他知道自己伤害了小雨，可是自己却连一个补偿的机会都争取不来："小雨，你要我一直活在自责里吗？给我一个补偿你的机会好吗？"

　　"对不起，我要上台了。"丢下这句话，小雨头也没回。她拿起麦克风，便走到了台上。很明显，今天小雨的歌声里带了哽咽，但是小雨还是坚持着将一首歌唱完整了。特别巧的是，今天唱的还

是郑智化的《原来的样子》，这首歌郑智化演绎的时候也是带着浓重的哭腔，于是小雨带着哽咽的演绎，居然不露破绽。

小雨下台的时候，瑾瑜已经离开了。看着空空的沙发上，小雨的心里也跟着空了。

"他说，他以后每天都会来，直到你回心转意为止。"潇潇拍拍小雨的肩膀说。小雨转过头问潇潇："潇潇，你不怪瑾瑜吗？"

潇潇深吸一口烟："我为什么要怪他？这是安琪自己的选择，和瑾瑜无关。不过看来，安琪实在不是个安分的人。瑾瑜也算悲哀了。"

小雨沉默了。

阿紫自然看得出，瑾瑜就是小雨给自己讲的故事里的男主角："其实，还是得看你自己的心。"

小雨本安逸的世界，因为瑾瑜的突然出现而变得波澜四起。瑾瑜真的每天都来酒吧，即便小雨不和他说一句话，他也风雨无阻地出现，即便只是坐在台下听小雨唱一首歌。每天他都会坐到小雨下班，然后跟在小雨身后，送小雨回家。看着小雨头也不回地走进门里关上门，亮起灯，他才转身离开。

连续几天，小雨觉得自己的世界突然就变得让她透不过气。小雨终于忍无可忍地转过身："瑾瑜，不管你怎么做，我们之间都回不去了，你难道不明白吗？"

瑾瑜愣愣地看着小雨："你……喜欢上别人了吗？"

"没有，只是，我也不会再和你回到从前了。"小雨说得很决绝。不可置疑的语气。

瑾瑜沉默了一会，嘴里慢慢吐出三个字："你变了。"

"是的，我变了，我不是从前的小雨了，而你也不再是我从前的瑾瑜。也许我当初不愿意放弃，是因为我觉得自己对你付出了太多，我舍不得那些付出变成泡沫。可是，当我看到安琪怀孕的样子，你知道我的心里是什么感受吗？你已经伤害了一个我，我不想你再伤害她。所以你现在要做的，是找回安琪，而不是在这里纠缠我。"小雨字字坚定。

"可是，是她放弃的我。她不愿意跟我过苦日子，她要的是有钱，有房，有车的男人，我给不起。"瑾瑜愤怒地说着。

小雨怔了怔。那么要面子的瑾瑜，那么坚强的瑾瑜，如今却在自己面前袒露自己的无能。小雨觉得自己失望了，从来都没有过的失望："我和安琪一样，我要的你给不起。"说完这句话，小雨用最快的速度跑回家。

瑾瑜愣在原地，看着小雨奔跑的背影，不知所措。

尽管如此，瑾瑜还是没有变，他坚信小雨不是那样的人。他相信精诚所至金石为开，还是如往常一样，每天来酒吧，然后跟着小雨，送她回家。

最后，瑾瑜干脆应聘进了酒吧做服务员。因为之前做领班的经验，应聘自然是顺利的。

小雨觉得瑾瑜让她想逃。说得好听是执著，不好听便是死皮赖脸了。那些充满关切的短信，小雨看也不看便删除。瑾瑜的举动，让小雨连在心里对瑾瑜唯一的一点涟漪都消磨掉了。

这天高泽洋来了，才算是第一次看到瑾瑜本尊。听过许多次瑾瑜的名字，但是本人一直没见着。他不得不承认，瑾瑜是个好看的男孩。

潇潇告诉他瑾瑜纠缠小雨的事，高泽洋反而惊讶无比。小雨曾经那么执著，曾经因为瑾瑜这两字哭或者笑，如今瑾瑜回心转意了，小雨反而是这样的态度。高泽洋不清楚究竟是小雨变了，还是瑾瑜变了。至少高泽洋曾经看到的小雨，是那个世界里唯有瑾瑜的她。

因为瑾瑜已经是这里的服务员，高泽洋不好叫他过来一起坐下说话，只好以点酒的名义喊瑾瑜过来。

"记得我吗？我给你打过电话。"高泽洋在瑾瑜的耳边说。瑾瑜满脸戒备和疑惑地看着高泽洋："你是？"

高泽洋笑了笑："小雨手术前，我给你打过电话。"

瑾瑜愣了愣，然后点点头："谢谢你照顾小雨。"

高泽洋对瑾瑜的印象并不算好，他甚至到现在还记得小雨为瑾瑜哭，为瑾瑜绝望，也瑾瑜笑的画面，他甚至想狠狠揍他一顿。可是，如今他看不懂小雨的想法，所以觉得如何处理，还是得小雨自己决定。就算他觉得瑾瑜不好，也不会像上次误打吴深秋那样冲动了。

22

因为瑾瑜，小雨决定辞职了。她还想搬家，让瑾瑜再也找不到她。瑾瑜纠缠她越深，这样的想法就越浓烈。也许是她变了，在看到安琪挺着肚子的时候就对瑾瑜彻底死了心，或者在听到瑾瑜因为安琪的离开就立马来找自己而觉得瑾瑜太没有担当，又或者是因为瑾瑜给的伤害太过深刻。

小雨从没有想过，自己竟然有一天会如此地回避这个曾在心里最重要的男孩，甚至是厌恶他。

　　小雨联系了那个叫古世勤的人。上次给了小雨名片后，小雨一直没有联系他，他原以为小雨不会给他打电话了。所以当他接到小雨电话的时候，自然是开心不已。小雨提出，要和阿紫一起进入星光音乐公司，古世勤自然是毫不犹豫地答应了。阿紫虽然外形不行，但是她的实力给公司带来的利益绝对不会低。至少，就算捧不红小雨，还可以让阿紫给别的歌手做幕后，自己自然是不会亏的。

　　于是，小雨和阿紫两个人一台前一幕后，一起从蓝色酒吧跳槽进了星光音乐公司。看了合同才知道，小雨还要进行两个月的内部强化训练，然后公司会负责包装，推广，帮她发专辑。而阿紫的任务，不仅要负责训练小雨，还要在两个月内制作音乐，等小雨完成训练就开始录歌。

　　命运就是无数的未知和挑战还有劫难组成的。就像小雨，她从没想过自己会成为歌手，原以为会和瑾瑜结婚，生孩子，安安分分地过一辈子，但是如今的改变早已偏离了自己原先设想好的轨道。

　　瑾瑜在小雨走后的第三天辞了职，离开了蓝色酒吧。谁都不知道他去了哪。

　　阿紫和小雨都走了。于是蓝色酒吧的三大花旦就剩下了潇潇了。虽然潇潇希望阿紫和小雨都有更好的发展，可是现在她们真走了，她又不免觉得一个人孤单寂寞。于是高泽洋成了她内心唯一的期盼。

　　可也正是这个时候，潇潇再一次经历晴天霹雳——雅琳给高泽洋打电话了。

　　酒吧内太吵，高泽洋是跑卫生间里接的电话。

"雅琳，这几个月，你到底去哪了？"高泽洋的声音兴奋而激动。

"我现在在我们第一次见面的地方，你过来吗？"雅琳说。声音很淡漠。

高泽洋挂上电话跑到潇潇面前："雅琳有消息了，我得去找她。"说完这句话，便头也不回地狂奔去了。潇潇愣在沙发上，好像押上了全部却输得倾家荡产一样，心顿时没了底。她痛恨雅琳的出现，痛恨她为什么偏偏在自己觉得高泽洋有一点在乎自己的时候出现？为什么偏偏在潇潇觉得只要她再努力一点，就可以占据高泽洋的心的时候让自己前功尽弃。

23

高泽洋和雅琳第一次见面的地点是在游乐园里。雅琳正在为了一只大熊而奋斗着，可是连打几枪都打不中，而在一旁的高泽洋却是一枪一个气球。那时候的高泽洋还是个小职员，闲来没事便来这种萦绕着快乐气氛的地方放松一下。

雅琳看着高泽洋，目瞪口呆，于是，主动喊高泽洋帮忙打。雅琳如愿地拿到了那只心仪的大熊，他们也是因此认识的。两个人从互相喜欢到恋爱，都是顺理成章，水到渠成的事。

后来高泽洋努力从一个职员做到了队长，又升到了总监，最后到了经理，高泽洋的努力都是为了雅琳，可是，就在这时，雅琳却离开了。

游乐园，高泽洋似乎很久很久没来了。认识雅琳是三年前的事，从那后，就再也没来了。

远远的，就看到那个纤瘦的身影。就像第一次见面一样，她在打气球，却一个也打不中。高泽洋慢慢地走过去，从身后轻轻抱住雅琳，将头枕在雅琳单薄的肩上。身上散发出高泽洋熟悉却久违的味道，那淡淡的蓝色妖姬的香味。

雅琳放下了枪，缓缓转过身来，慢慢地推开了高泽洋搂在自己腰间的手。

高泽洋愣了愣，望着雅琳。

雅琳变了，眼中的柔情变得锐利，甚至连说话的语气都变得强硬："原来你还记得这里。"

"雅琳，跟我回家好吗？"高泽洋的语气里充满了歉意。

雅琳轻蔑地笑了："我一个人去了马尔代夫，在那边过了很久。我很谢谢你给我准备的惊喜，让我有了更好的选择。"

"更好的选择？"高泽洋费解地问。

雅琳的眼神坚定："是，更好的选择。他叫 Morris，在马尔代夫认识的。我让你来也只是想告诉你这个。我们都自由了。"

高泽洋思维短路了，一句话没说出来。摩天轮上的灯跟高泽洋此时的思维一样混乱。沉默良久后，高泽洋淡淡地说："好，我知道了。"高泽洋转身离开，甚至连一句祝福都没留下。

雅琳带来的消息太过突兀，但是高泽洋觉得自己的内心，释然大于伤心，就像心里一直悬着的石头落地了。是的，高泽洋只是出不了内心的囚牢，一天没找到雅琳，他便不可以安心，更不可原谅自己。如今雅琳好好的，毫发无损地站在自己的面前，于是，高泽洋便从自责和不安的囚牢里走了出来。

是的，都自由了。人生本就不应该有捆绑，每个人都是自由的个体。被捆绑的，也只是自己的心。就像聂小雨，经历了那么多，走出了悲伤，没有瑾瑜依然活得好好的。

高泽洋回到酒吧的时候，潇潇已经喝得有点多了，桌前烟灰缸里已有七八个烟头。潇潇没有想过，高泽洋竟然会回来。高泽洋也不知道自己怎么就回了酒吧而不是回家。看到潇潇略带狼狈的样子，他内心升起一丝不忍。

看到高泽洋回来，潇潇自然是欣喜若狂，但是又满脑疑惑："你没有选择她？"

"是她没有选择我。"

潇潇抿了抿嘴，抬着迷离的眼睛看着高泽洋："那……我可以选择你吗？"

24

灰姑娘之所以有前途，是因为她在那豪华的舞会上遇到了王子。王子不仅是她的艳遇，还是她的机遇，不然，她永远都是那个默默无名的不幸女孩。而幸运这东西是个吝啬鬼，它不会眷顾到每一个人。

也许小雨不是最优秀的艺人，可她却是最努力的。公司给她安排的训练课程，她一点都没有落下，从早上的晨跑到晚上的舞蹈训练，她的刻苦每一个人都可以看到。古世勤对于这个听话的木偶表示满意。因为古世勤的看重，让小雨免了不少前辈们的歧视。

阿紫在一个月后决定拿第一笔签约金去做手术。她想要抹去左半边脸上的紫色胎记，即便不是为了阿哲，也是为了自己。她不想再看到别人异样的目光，不想每天只能用长发遮住左半边脸。她想要拥有无瑕的肌肤和脸庞。

阿紫早就预约了一家美容整形医院。推开医院的大门，接待人员很热情。将她带领至预约的医生处。医生三十多岁，请她坐下。

"你好，这是我给你做的效果图，你可以看看。"医生将一张电脑打印的彩图递给阿紫。上面是阿紫的照片，印有手术前和手术后的字样。自然，让人心生向往的是手术后的图，那丑陋的胎记被去掉了，阿紫变成了一个绝美的女孩，大眼睛，皮肤白皙，唇红齿白。

阿紫显得平静，只是脸上的开心笑容藏不住她内心的狂热。

紧接着，医生又递过来一个类似相册集的文件夹："这是本院的成功案例，你可以看看。"

"不用看了，我了解过了。我预约了今天的手术，可以进行吗？"阿紫冷静地说。

医生依旧沉稳的模样，点点头："好，那我们现在就开始。"

阿紫直接开始了手术，手术室大门上方的灯亮起，照亮了"手术中……"三个字。手术开始三分钟后，小雨才刚结束排练赶了过来。看到手术还在进行。

小雨坐在门口的塑料椅上，开始幻想着，如果阿紫手术成功，那是否可以跟公司申请，与阿紫作为组合，或者让阿紫也做台前。毕竟，阿紫的实力和才华，远在自己之上。小雨从不是个追名逐利的人，她只希望身边的人都安好。

手机短信提示声打断小雨的美好幻想。是吴深秋发的短信，和秋已经很久没有联系了。

"听说你辞职了，还去了音乐公司。看来，就要成为未来的大明星咯。到时候可要给我签名，我拿你签名去卖钱。"看着短信，小雨咯咯地笑了，看来吴深秋已经恢复了，还是那个吊儿郎当没一下正经的吴深秋。

"少埋汰我了。"小雨笑呵呵地回复。

很快，吴深秋也回了短信："安承夜和婷薇在一起了，你知道吗？"

小雨看着这条短信愣了好几秒，随即回道："他们本就该是天生一对啊，有什么好奇怪的？阿紫在做手术，我在陪她呢。"

"晚上有时间聚聚吗？我和承夜他们会去蓝色酒吧。"

这是小雨最后收到的短信，还没来得及看，就被推门出来的医生吓了一跳。医生满头大汗，神色紧张。从他脸上看到的只有慌张，再没有了刚刚的沉着和自信。

小雨的内心开始不安，刚想问医生怎么回事，医生就忙对小雨说："钱我退给你们，这个手术不做了。"

小雨愣了，随即无名的愤怒燃烧了小雨的神经："什么叫手术不做了？你是医生，怎么可以这么不负责任？"小雨不知道为什么手术才进行二十分钟，医生就给了这样的回应。医生不理会小雨的责问，慌慌张张地就离开了。

25

　　紧接着几个护士也出来了。小雨慌忙地拉住那些神色慌张的护士："怎么回事，你们怎么出来了？阿紫呢？"

　　护士定了定神："你朋友氯胺酮严重过敏，但是现在麻药退不了。我们抢救了，没有任何效果。"

　　小雨只觉得大脑"嗡"一声，全身麻痹，顿时失去了任何的听觉和触觉。医院里的脚步声，说话声，好像都是从遥远的天际飘来，掺着药水味道的，是死亡的气息。小雨拉着护士在手术室的走廊内大喊起来："什么叫抢救没效果？什么叫麻药退不了？"

　　小雨狠命地拽着护士，护士被小雨的样子吓坏了，挣开小雨的手慌忙逃开。

　　小雨跌跌撞撞地闯进手术室，此时，本不大的手术室变得空荡荡。小雨看到阿紫还躺在手术台上，带着淡蓝色的卫生帽，整张脸完整地裸露出来。除了那一块紫色胎记，整张脸苍白如纸，没有一丝血色。

　　小雨冲出手术室，如同疯了一般，见到穿白大褂的就拉着他们的手臂："求求，求求你们，抢救啊，快抢救啊。"小雨大哭着，哀求着。有的人不理会，参与手术的医生和护士也如同失了神，茫然不知所措。

　　小雨拿出手机胡乱地打电话。电话接通，小雨的声音都在颤抖："阿紫，阿紫快死了，你们来救救她，快来救救她。"

　　第一个赶来的是高泽洋。高泽洋神色匆匆地在医院里寻找小雨

的身影。看到高泽洋过来，小雨扑上去狠狠地抱住高泽洋，紧接着大哭了起来，声音依旧在不安地颤抖。

"我看着她脸色苍白，我无能为力，看着医生临阵脱逃，我依然无能力。"小雨在高泽洋的怀里不停地哭，不停地颤抖。高泽洋轻轻地拍着小雨的背安抚她。

而此时，潇潇和吴深秋也赶来了。看到高泽洋拥着小雨的画面，潇潇微微地愣了愣，随即追上前追问阿紫到底怎么样了。

潇潇冲进手术室，看到面色苍白的阿紫，心跳仪上的线条已经变成了一条直线，仪器发出刺耳的鸣声，刺得人耳膜发疼。潇潇顿时也愣在了原地："怎么回事？谁能告诉我到底怎么回事？"

小雨走进来，此时才注意到仪器上的显示，不禁失控："是我，我不该鼓励她来做手术，我不该，不该让她来这里的。"

潇潇顿时痛哭失声。高泽洋从来没见过这个冷艳的女子哭得如此狼狈。她是坚强的石楠花，如今却如枯萎了一般。高泽洋忙上前扶住潇潇。

阿紫死了，死得很安静。像一朵含苞待放的花骨朵，还没绽放，却已折了枝。

很快，医院负责人匆匆赶来，试图赔钱压下这件事。若这件事被曝光，对他们院方的影响是毁灭性的。潇潇将巨额支票狠狠地砸在了负责人脸上，随后愤怒地掏出手机报警。见潇潇要报警，负责人居然试图伸手抢过潇潇的手机，却被高泽洋一个擒拿给按在了地上。负责人挣扎着，吴深秋忙上前按住他另一个肩膀，让他不得动弹。

　　然而，在警察之前赶来的，却是古世勤。

　　"小雨，跟我走。"古世勤拉着小雨就往医院大门走。小雨挣扎着哭着喊着："阿紫死了，你要带我去哪？"

　　"正因为她死了，所以你才不可以出现在这里。"古世勤一脸正色道："警方来之后，必然会有新闻记者过来。我不想你在这个时期在这个地点曝光露面，这对你以后的发展有影响。"

　　小雨一把甩开古世勤的手："就算以后不能发展，我也要留下来。"

　　"你这是违反合约，你愿意赔付违约金吗？"

　　高泽洋见状，忙走过来："小雨，如果你要走这条路，那还是跟他走吧。留在这对你没有好处。"

　　潇潇没有想到小雨居然那么自私，丢下尸体还未凉的阿紫，真的跟古世勤离开了。

26

　　警察很快来了。法医带走了阿紫的尸体，并声明会联系阿紫的家人。

　　小雨坐在古世勤的副座上，眼泪洗白了她的脸。她并不是无情，阿紫的死她比任何人都难过。可是，她付不起那么庞大的违约金。阿紫一生都在为了那块胎记而奋斗，想到这，她想到了阿哲。

　　阿紫的包包还在自己这儿。小雨连忙翻出阿紫的手机，给阿哲打电话。

电话响了很久，才听到阿哲的声音。

"喂？什么事？"阿哲的声音十分冷淡，仿佛阿紫是他的仇人一般。小雨张了张口，终说不出什么话，于是挂了电话。她用阿紫的手机编辑短信给阿哲。

"阿紫今天做手术，麻药过敏死亡。"

很快，阿哲的电话打了过来。声音不再冷淡，而是疑惑，而是紧张："你说什么？什么手术，她生病了吗？"

哭久了，小雨的声音有些哑："她没生病，她只是为了去掉左脸那片胎记。"

"你是谁？"阿哲的声音立即警觉了起来。小雨静静挂上电话，随即关机，没有回答阿哲的问题。

"还好阿紫已经准备好了十多首歌，筛选一下，再约些别的音乐人的歌，就能做第一张专辑了。"古世勤边开着车，声音里竟然还有一丝庆幸。

"她死了，你难道就一点都不难过吗？"小雨不可思议地看着身边这个成熟的男人。

"我为什么要难过？"古世勤不解地问小雨。小雨愣在原地。是呀，他为什么要难过。阿紫不是他的谁，他为什么要为阿紫的死而难过？古世勤对于阿紫的死的反应就好像小雨看新闻报道说哪哪又出了车祸，车毁人亡一样。自己又何尝会为了那些陌生人而难过？

小雨只觉得车内的空气开始稀薄。她深深地呼吸一口气，摇下车窗。凉凉地风从窗口灌进来，小雨觉得自己从身体凉到了心底。

这个世界如此冷漠，原来，这就是冷暖自知。

阿紫死的第二天，这则新闻就被报道了出来。有人唏嘘，有人叹息。那家整容医院也在当晚被一群蒙面匪徒砸了。玻璃碎片铺了一地，还有各种仪器都被砸得七零八落，没有人知道是谁干的。

开庭审理阿紫的案件时，小雨也没有出现。但是，潇潇和高泽洋以及吴深秋都到场了。经法医鉴定，阿紫死于氯胺酮过敏导致的喉头肿胀抑制呼吸。医院在手术前未做检查，并在突发过敏症状时未及时用正确的方法抢救，甚至放弃抢救，耽误了最佳抢救时间导致病人死亡。其次，医院属于非正规美容整形医院，为无证营业。那些成功案例均为假资料，所以，院方负全部责任。

阿紫的父母第一次露面。他们坐在原告席上，十分冷静和淡然，没有号啕大哭，没有悲痛欲绝，甚至连一滴眼泪都没掉，只是认真地听着判决书里的赔偿金额。是的，只有那个才是他们最感兴趣的，他们早就没有了这个女儿，从流苏死的时候，从流紫离家出走的时候，或者从他们生下儿子之后。

阿紫的在与不在，对他们似乎都没有影响。那是他们见过的最冷漠的一对父母，让潇潇觉得"父母"两个字开始变得模糊。吴深秋看着这两个人，顿时觉得自己也许是幸福的，就算父母常年在国外，至少他们是真心关心自己。若是自己有一天死了，父母肯定会伤心欲绝的。

27

阿紫的死让公司损失不少，于是，星光音乐公司决定提前制作小雨的专辑，以提高公司的整体营业额度。为了不被大公司淘汰，他们太需要一个能带动公司发展的人。之前签的几个歌手，出了几张单曲，都是不温不火的，所以小雨就是他们的新希望。

可是小雨因为阿紫的死一直恍惚着，状态不佳。她如同没有生命的木偶，在别人安排下做着没有生命力的事。连续录了两天，小雨都不在状态，惹得监制摔耳机，大发脾气。一直重来，重来，再重来，她还是没有找到好的状态。

古世勤在一旁看得心急如焚。他既要安抚小雨，又要安抚大牌制作人，两天下来没有任何进展。

例会上，总经理终于忍无可忍："实在不行，就换别人录吧。我们必须在六月份推出这张专辑。"

"王总，要不，让兮兮试试吧？"说话的，正是兮兮的经纪人。她要抓住任何有利于兮兮的机会。

小雨听到别人要染指阿紫的歌，终于从恍惚中走了出来。阿紫她没有办法留住，但是阿紫的心血她一定不允许就这样白白落入别人的手中："不行，你们谁都别想碰流紫的歌。"

"那你就给我好好录！我再给你一天时间，这首主打再录不好，马上换人。散会！"王总留下这些刻薄的字眼，然后甩手走出了会议室，所有人也跟着起身。

小雨知道，要守护住阿紫的心血，她必须振作起来。这一天录歌，她十分认真。原本监制来的时候不屑地扫了她一眼，如今却频频点头，表示赞许。第一首歌，只录了两遍就通过了。看到这样的小雨，古世勤终于放下了悬着的心。

在这个公司里，竞争的不只是艺人，还有这些跟着艺人存亡的经纪人。自己手上的艺人好了，在别的经纪人面前自然也不会输。

几天下来，小雨几乎录了阿紫所有被选用的歌。这样的成绩，让所有人都惊叹。"很好，我相信，首张专辑推出，定将引起轰动。"古世勤自信地说道。小雨淡淡地回应。他们要的是钱，而自己只是他们赚钱的工具而已。大红大紫，从来就不是小雨奢望的。如果可以，她宁可从来没有带着阿紫来这家公司，宁可阿紫永远都攒不够做手术的钱。

"小雨。"

小雨转过头，她记得她叫兮兮，算同公司的师姐。小雨冲她点头。

兮兮走到小雨的身边："我刚经过经理办公室，他们好像想用流紫的死做噱头来炒作你的专辑。"

小雨紧皱眉头看着兮兮。

兮兮随后又摆出一副习以为常的姿态："不过这也没什么奇怪的，这些都是司空见惯的手段了。在这个圈子里，能火才是王道。"

"你为什么要告诉我这些？"小雨疑惑地问。

兮兮淡淡地笑："没什么，就算是作为师姐给你的提点。"

小雨闯进总经理办公室，办公室内只有古世勤和王总，两个人相对而坐。对于小雨的贸然闯入，古世勤很是惊讶。

　　"我不允许你们用阿紫的死来炒作。"小雨愤怒而决绝地对他们吼道。

　　古世勤连忙紧张地起身走过来，拉着小雨往外走："这些是公司的事，你不必插手！"

　　小雨一把甩开了古世勤的手，发狠地说："你们如果用阿紫的死来炒作，我绝对不会配合你们公司的任何一个活动。即使要背负巨额的违约金。"

第五章　借我一寸微光

1

看着小雨赴死一样的决心，公司最后妥协。然而，王总的意思是，如果小雨的首张专辑能火自然是最好，不能火，也绝对不会在小雨身上再浪费任何一点点时间。

首张专辑如期在六月推出，小雨也开始正式用艺名黛茜忙碌起了宣传。六月的天，火辣辣的，每跑一个宣传点，小雨就觉得自己快要被烤干了。小雨频繁地出现在荧屏前，渐渐地让大家对她所熟悉。专辑一推出，没有预想的好，但是成绩也不算差，各大排行榜皆能进入前六名。

而位居榜首的都是一些老牌歌手，所以，小雨的成绩也代表了她将会是炙手可热的新人。但因为公司的要求是一举拿下第一名，所以，并未举行庆功宴。

然而，在专辑推出一周后，小雨在赶宣传的路上出了车祸，连同经纪人也受了伤。这一突发事件立即占据了各大媒体的头条，于

是，小雨的人气也一路飙升，很多歌迷纷纷寄来礼物和信件以示关心。小雨首张专辑《半紫年华》的销量均攀升到了榜首，打败了许多天王天后级人物。于是，连续几天，各大娱乐新闻报纸都围绕着黛茜这一势不可挡的新人。

高泽洋看到新闻，这是意料中的结果。他看过所有子公司的资料，当然也包括星光音乐公司。古世勤的眼光绝对不会错，只要被他看中的艺人，不火都难，即便不火，他也会想尽办法让手中的艺人火起来。

"小雨，不，现在应该叫黛茜了，她可真是会用心机，连车祸这种烂招都想得出来。"潇潇看着电视，不禁冷嘲热讽。若说她是嫉妒，其实并不是，她只是对小雨自私地离开死去的阿紫而耿耿于怀。一直重情义地她觉得小雨无情无义。

高泽洋看着身边的潇潇，忙解释道："恐怕小雨自己都不知情，我知道你因为阿紫的事而对小雨心有芥蒂，但是，你想想看，以小雨的能力，她能承受得起违约金吗？阿紫的死，她比谁都难过。你应该相信她。"

潇潇看着高泽洋，只觉得内心像是吞了刀片。这么久了，高泽洋一直在为小雨那日的离开而解释。他维护小雨的样子，让潇潇觉得自己委屈，于是一句没头没脑地话就在这毫无防备的情况下问了出来："你喜欢小雨？"

高泽洋仿佛条件反射般地转过头来看着潇潇，一时间不知如何回答。然而这句话一问出口，潇潇就后悔了。若是高泽洋承认，那自己又该怎么办？看着高泽洋犹豫的样子，潇潇连忙笑了起来："我开玩笑的。"

是否，在爱情里，谁都可以变得卑微。那么洒脱的潇潇，如今却被高泽洋的一举一动所影响。那天那一句"那我可以选择你吗？"高泽洋没有回答，那种沉默如同已经把判决结果告诉了潇潇。潇潇也不说话，淡淡地喝着酒。

高泽洋并不是逃避的人。第二天，她给潇潇发了一条短信："给我点时间，让我想清楚。"

于是，两个人一直维持着朦胧的关系。说朋友，似乎又比朋友更近一层，说恋人，却又没有过分亲密的举动。

然而，今天潇潇又问高泽洋是否喜欢小雨。这个问题高泽洋从来没有问过自己，潇潇那句略带情绪的问，让高泽洋真正地开始思考起了这个问题。自己喜欢她吗？

然而，当看到电视新闻里的娱乐主持人说到："据报道，黛茜此次的伤势很严重，可能会暂停接下来所有的活动和宣传。不过，以目前的情势看，《半紫年华》的销量并不会因为黛茜暂停宣传而停滞不前。另外，其经纪人古世勤仍在抢救。"

高泽洋猛地从位置上站了起来，潇潇也愣在了原地。一直以为，这场车祸是炒作的手段，如今看来，好像并不是这样。若是炒作，既然是古世勤开的车，又怎么会拿命去赌？

"不行，我得去医院看看小雨。"高泽洋拿着钥匙，就往停车场走，潇潇也急忙跟了上去。

2

此时的小雨，正躺在病房的床上，翻看歌迷们寄过来的信。房间内，堆满了礼物，都是歌迷自发寄过来的，让小雨深深感动。更让小雨感动的，是高泽洋和潇潇突然出现在门口。

"你们怎么过来了？"小雨连忙擦掉脸上的泪水，露出笑容。

许久不见，小雨确实瘦了不少，也是因为这一段时间，忙着制作专辑和宣传给累的。而此时，她左手打着石膏，缠着厚厚的纱布，挂在胸前；另一只手捏着一张信纸，上面的字迹，是歌迷们真挚的祝福。

"你，还好吗？"高泽洋走到小雨的身边。

"左手骨折而已，倒是古世勤，还在昏迷。"小雨说到自己受伤倒挺乐观。

潇潇把花篮放到地面上唯一有空的地方："你看，礼物都快把你给埋了。"显然，看到小雨受伤的样子，潇潇内心对小雨的不满都消失了。

"你们先聊着，我去外面买瓶水，顺便带点吃的来。"说完，高泽洋转身走出病房。

潇潇显然一副有心事的样子。她帮小雨整理着一地的礼物和一箱一箱的信件，欲言又止。

"你和高泽洋，在一起了吗？"小雨先打破沉默。其实，看着他们一起出现，还真有情侣的样子，所以小雨的心里不禁猜测，想从潇潇这里得到证实。

潇潇转过身："小雨，你知道我喜欢高泽洋吧？"

小雨看着潇潇，点点头："知道啊，怎么了？"

"那你喜欢他吗？"潇潇问。

"啊？"小雨一时没反应过来，不禁反问了一句。潇潇似乎也觉得自己问得突兀了，忙哈哈大笑："没什么，没什么……"

然而，他们不知道，此时的高泽洋正站在病房门外刚要推门。他竟然发现自己是期待小雨的答案的。

"你有喜欢的人吗？"潇潇又问。

此时小雨才反应过来，问自己是否喜欢高泽洋？小雨不知道，现在自己是否有喜欢的人？对于瑾瑜，是绝不可能再有期待了。而安承夜，那是年少时最美的依赖，也许算自己最纯真的初恋。而吴深秋，并没有自己想象的成熟。而高泽洋……小雨陷入深深的思考。

"你喜欢吴深秋？"潇潇又问。

而此时的高泽洋更是认真地期待起了小雨的回答。

只见小雨爽朗一笑："吴深秋不是我的菜啦。"潇潇也跟着极不自然地笑了起来。

高泽洋也如释重负般推门进来："你们说什么呢？笑得这么开心。"

"女孩子的秘密，干吗告诉你！"潇潇冲高泽洋笑着说道。

然而，这边还在欢快地笑着，另一个病房内却传出了古世勤抢救无效的消息。所有的抢救措施都没有起到作用，古世勤没有醒来。

小雨听到这个消息的时候，显得很平静。也许小雨是难过的吧，

身边的人一个个离自己远去，只是不会悲痛欲绝而已。

最后一个来看小雨的人，居然是兮兮。这让小雨有些惊讶。平时和兮兮还算是竞争对手，而且没有过多的交流，然而兮兮却来探望自己，还带了一束新鲜的百合。

3

兮兮坐在病床旁，细心地为小雨削一个苹果。小雨看着她，总觉得兮兮应该对自己说些什么。兮兮将削好的苹果递给小雨，小雨笑着接过："谢谢！"小雨咬着苹果，又胡乱猜测起了兮兮此次来的目的。难道只是以一个师姐的身份来医院探望，以此换得更多的采访和媒体曝光的机会？

想到这儿，小雨突然觉得自己变得可怕起来，对身边的人总是无端的猜忌。或许，兮兮真的只是好心看望自己而已呢？

"这不是意外！"兮兮突然嘴唇微动，小声地说道。

"什么？"小雨惊讶地反问。

"刹车线是被剪断的，这不是一场意外。"兮兮再次认真地说着。

小雨看着兮兮的表情，并不像是开玩笑的样子。苹果掉在了地上："你怎么知道？"

兮兮突然警觉地往后看了一眼，小雨也看向了门外，门是虚掩着的。兮兮和小雨对视一眼，心领神会。兮兮突然高声说道："唉呀，你看你，苹果都拿不稳。"说着，弯下腰去捡起苹果，扔进了垃圾桶。

"我今天也忙，得先走了，你好好休息，我改天再来看你。"兮兮拍拍小雨的肩膀，小雨点点头。

兮兮走后，小雨一直在回想着刚刚兮兮的话，以及，刚刚站在门外偷听的人，到底是谁。

兮兮说，这不是意外？难道是公司安排的？所以，连古世勤都不知道？一连串的问题开始围绕在小雨的脑海中。

果然，很快，车祸原因被交警部门调查了出来，而且，很快被媒体报道。于是人们纷纷猜测这一切会不会是黛茜炒作的手段。于是，社会上有了黛茜的骂名，为了红，不惜一切手段，甚至还出卖了经纪人的性命。当然，也有维护黛茜的人。

然而，在医院里的小雨对目前的情况一无所知，直到警察局的工作人员来找小雨做笔录。

"黛茜小姐，你好，很抱歉在你生病的时候来打扰你。不过，事出紧急，所以耽误你两三分钟，可以吗？"

小雨点点头，似乎做好了所有的心理准备。

"你能描述一下当天的情景吗？"

"那天我和古世勤一起赶下一个通告，因为时间紧急，所以，当时我们车速很快。我还刻意提醒过他不要开太快，但是他说要迟到了。之后为了避让一辆车，古世勤急转方向盘，于是我只觉得眼前一晃，接着，车撞上了护栏。后面的事我不是很清楚，不过有了解说，后来车发生了侧翻。因为我坐在副驾驶，所以，伤得不重。"

借我一寸微光

　　"你知道你经纪人的死是因为车祸，那么，你知道刹车线是被人为剪断的吗？"工作人员的声音没有一丝温度，甚至还夹带了对小雨的怀疑和猜忌。这样的语气让小雨感觉到不舒服，但是，还是配合地回答："我不知道。"

　　"既然你不知道，为什么你听到我们说这个情况一点都不吃惊？"警察的分贝加大了，甚至还带了质问犯人的语气。

　　小雨想反驳，最终只化为一声无奈的叹息："因为发生车祸之后，有人跟我说过这件事，所以我不惊讶。"

　　"谁？"

　　小雨刚要将兮兮这两个字脱口而出，又迟疑了。兮兮是好心来提醒自己的，现在说出来会不会对她有什么不利呀？

　　"如果你不说，根据目前的线索，你是最有可能为此次谋杀的凶手。"警察的语气依旧冰冷，带着威胁和不屑。

　　小雨再三思量。既然兮兮能知道此次事故不是意外，那么她肯定知道一些内幕和线索，以及那个在门口偷听的人，必然是对兮兮不利的。若是让警方把目标转移到兮兮身上，恰巧也是另外一种保护兮兮的方式。至少作为警务人员，必然会保护所有的证人和线索。

　　也许这只是小雨给自己找了个心安理得的借口，但是，却也是事实："她是兮兮，就在昨天，她告诉我说这件事不是个意外，并且，还有人跟踪她到我的病房门口偷听到了我们的谈话。"

4

"谢谢你的配合，我们会还所有无辜的人一个清白的。"说完这句话，警方的工作人员就离开了病房，并交代小雨好好休息。

很快，警方人员开始将目标转移到了兮兮身上。很显然，兮兮是一个至关重要的证人，然而，没有人找得到兮兮。兮兮的公寓里一切东西都在，唯独人不在。公司方面也称兮兮没有回来工作，她的经纪人都没有联系到她，就像人间蒸发了一样。

警方的工作顿时陷入僵局。小雨在医院内听到警方说没有找到兮兮，顿时心里一沉："请你们一定要找到兮兮，她很有可能出事了。"小雨几乎在哀求。小雨知道，一定是那个门外偷听的人，一定是他。可是，小雨不知道那天站在门外的人究竟是谁。

"你说，兮兮来看望你那天，也就是六月十九日的下午，有人在门外偷听你们讲话？"警察好像想到什么。

小雨点点头："是！"

"医院有监控，一定能查到是谁。"干练的警务人员激动地说，好像濒临死亡又出现了一线生机。小雨也顿时醒悟过来。医院里有监控，肯定拍下了那个在门外偷听的人。

警方再次展开行动，调出了当天的监控。小雨回忆，是下午的三点左右。一群人盯着屏幕仔细地看，不放过任何一个细节。

很快，兮兮出现了，带了一束花，走进了小雨的病房。而其身后，目标终于出现。只是，趴在门上的目标穿着白大褂，戴着白帽子和口罩，整个装扮，都和这个医院的工作人员一模一样。但是，

看得出来，这是个男性，身高一米七六的样子。

警方在医院里进行——排查。所有男医生男护士，甚至是工作人员，都不放过。但是，排查的结果是，这个人，并不是医院里的工作人员。于是，所有的调查，又陷入了僵局。不过，可以确定的是，监控里的人就是剪断刹车线的人。

警方再次从古世勤入手，调查和他有过结怨的人。小雨想破脑袋，也想不出来是谁。她与古世勤了解并不深，哪会知道他与什么人结仇。

然而得到的结果并不乐观。古世勤是个圆滑的人，很少得罪人，更不可能让别人对他心生仇恨，甚至痛下杀手。

然而，当警方再一次来向小雨了解情况的时候，其中一个警务人员突然大胆猜测："会不会凶手想杀的人是黛茜，而非古世勤？那天的车上，只有他们两个人。所以，很有可能，对方想陷害的是黛茜。"

一句话让小雨更加不解。是谁呢？

小雨第一个想到的人是安琪，但是她不敢这么猜测。虽然安琪对自己怀恨在心，也跟自己结仇，但是，她已然从自己身边抢走了瑾瑜，也算解气了，没有理由再来伤害自己。而且，安琪应该不懂车，又怎么会剪断刹车线呢？

外面的风言风语还在风生水起，网络上，维护派和谴责派骂战激烈得足以与古代的战场相比。没有硝烟，没有血腥，却比暴风雨更加猛烈。

每当潇潇上网看到这些消息，就会恼怒地加入骂战，来维护小雨。

这件事，最后闹得连婷薇和安承夜这样在校园里专心音乐不管世事的人都知道了。安承夜愤怒地看着屏幕："小雨不是这样的人。"是的，小雨虽然改变了很多，但是她绝对不会是个为了名利不择手段的人。

吴深秋更是觉得这些谣言简直就是天方夜谭。有时候看着这些骂战，看到别人对小雨的诋毁，他会愤怒地拍桌子，嘴里骂骂咧咧，什么脏话都往外蹦，手又快速地敲字去骂那些骂小雨的人。

5

案情直到小雨出院也没有任何进展，没有找到凶手也没有找到兮兮。然而，小雨刚出医院门口，就被记者围堵得严严实实。那些犀利而尖锐的问话，像千万把尖刀，飞向小雨。公司虽然派了车来接小雨，但是，如今小雨被围得过于严实，那些工作人员根本无从下手。

"请问，这次意外是为了个人首张专辑的销量而刻意炒作吗？"

"对于现在你的专辑销量一直位居榜首，你有何想法？"

"你经纪人古世勤的死，你似乎并不伤心，能做解释吗？"

"对于现在网友们的骂战，你能说说感想吗？"

小雨从来没有面对这么混乱的场面，一时间不知所措。有那么一瞬间，小雨觉得自己像被批斗的叛国者。这样混乱的局面，直到公司的工作人员求助了医院的保安，才得到缓解。小雨在保安的簇

拥下，上了公司的车，将那些记者甩在身后。自始至终，小雨一字未答。

车祸事件因为黛茜的出院又掀起了一阵高潮。公司决定，暂时让小雨不露面，拒绝通告也拒绝宣传，直到警方查出事情真相，再开记者会澄清。

小雨对于公司的安排并不反对，这也是小雨希望的。今天那么混乱的场面，小雨再也不愿面对。因为古世勤的死，公司决定再给小雨安排一个经纪人。小雨本想拒绝，她甚至有了退出娱乐圈的想法。自从进娱乐圈以来，她的世界就没有安宁过，身边总是充满着算计和危险。阿紫死了，古世勤也死了，她真害怕，到最后死的那个人会是自己。

然而，合同期未满，她若是此时退出，除了高额的违约金外，还有那些记者的逼问，以及所有人的猜忌。大家会认为她在逃避，所有人都会觉得她在这个风口浪尖的时候退出演艺圈，是与古世勤的死有关。

直到公司向小雨介绍她的新经纪人的时候，小雨惊讶得几乎说不出话来。新来的助理，竟然是潇潇。小雨看着潇潇，潇潇走到小雨耳边，轻轻地说："娱乐圈这么复杂，我怎么能让你一个人去应对那么多风雨呢？我不放心，高泽洋也不放心呀。"

原来，发生此次事件，潇潇突然觉得小雨的身边充满了危险，也知道了公司缺一名助理，所以就要求高泽洋帮忙，将自己弄进了公司，并成为了小雨的助理。

有了潇潇，小雨突然觉得有了信心，觉得自己似乎不再是孤军奋战了。潇潇给她带来的不仅是勇气，还有安全感。这个圈子说复杂不复杂，说简单也不简单，一切都看运气。小雨觉得自己运气并不好，她根本就不该来这里，这样阿紫不会死，古世勤也不会死，自己也不会遇到这么多的事。

潇潇安慰她："既然一切已经改变不了了，那就勇敢面对吧，记得，有我陪你。"

小雨在医院那一段时间，遗漏了很多信息。虽然潇潇已经一防再防了，可小雨还是看到了一些不该看到的东西。网站上那些骂声，那些买了她的专辑却只是用来砸碎的照片，那些《半紫年华》的光盘碎片，都刺痛了小雨的眼睛。小雨心疼的不是专辑，而是阿紫的心血。那些歌，都是阿紫留下的，现在，却被人踩在脚下，踩成了碎片。

终于，小雨忍无可忍地发了一条微博："不要再破坏我死去朋友的心血了。古世勤的死跟我真的没有关系，我不会拿我的生命和他人的生命开玩笑。"

然而，几分钟之内，这条微博作为黛茜本人对这次车祸事件的首次回应，又被大肆地炒作开来。

6

然而，直到事态渐渐平息，很多网友都被其他明星的绯闻和报道转移了视线的时候，警方还是没有找到更多的线索。于是，这件事被不了了之。但小雨担心兮兮的心情从没有放松。兮兮没有找到，

她就有遇害的可能，这是小雨最不愿意听到的结果，虽然有时候连她自己都骗不了自己。兮兮是个过气的艺人，没有人会在乎她的失踪，包括公司也是。恐怕只有小雨才会这么在意，总是和潇潇时不时地说起。

直到有一天，小雨收到了一条空白短信。是陌生号码，短信里没有任何内容。小雨将短信拿给潇潇看，潇潇也说不认识号码。小雨正想回拨的时候，潇潇猛地警觉地阻止，她紧张地拿过小雨的手机："你觉得……会不会是兮兮？"

"你是说？求救？"小雨猜测。

潇潇点点头："如果是求救，那么我们现在打电话过去，会不会惊扰到其他人。我是指……绑架她的人？"

手机突然响起，显示的来电号码正是短信上显示的号码。小雨看了潇潇一眼，潇潇示意小雨接起，小雨按下接听键，紧张得不能呼吸。

"就算你再喜欢小雨，但是你这样做值得吗？你伤害了其他的人，也伤害了小雨。你这不是爱。"

小雨连忙打开扩音喇叭。紧接着，听到了稍微弱一点的男声，似乎是离话筒很远。

"我得不到她，别人也休想得到。若是让别人得到，我宁可杀了她。"

"那你为什么要软禁我？我说过我不会向警方指证你，就当对这件事完全不知道。"

"我说了，等我带她走，我会放了你的。"

194

小雨听着声音，不禁倒吸一口凉气。这个声音，竟然这么像瑾瑜。

难道说，凶手是瑾瑜？想到这儿，小雨拼命地在心里否定，不可能的，怎么会是瑾瑜呢？或许只是声音很像而已。

"我们赶紧报警。"潇潇忙对小雨说道。小雨几乎像麻木的僵尸，被潇潇带到了警察局。

得到这一线索，警方很快展开调查。最终确定，凶手，确实就是瑾瑜，兮兮也确实被软禁在瑾瑜的住处。但是，警方为了不对兮兮造成伤害，经过精心策划，希望由小雨来引出瑾瑜。小雨虽然很不愿意接受这样的事实，但是，还是愿意与警方合作。因为她要一个答案，到底那个人是不是瑾瑜。

小雨打电话给瑾瑜。瑾瑜那头的声音很激动。

"瑾瑜，你带我走吧，娱乐圈太可怕了，我累了。我想像从前一样，我们好好生活，好吗？"小雨尽量让自己的声音平静，不因为紧张而露出一丝破绽。

很显然，瑾瑜听到小雨居然主动打电话给自己并且说出这样的话，很是开心，立马就约了小雨见面，在一家较隐蔽的餐厅里。瑾瑜说，有东西要送给她。

7

小雨在警方的保护下赴约了。她到的时候，瑾瑜已经坐在了餐桌边。看到小雨，他眼神里居然露出了狼一样的光芒。小雨觉得眼前的人可怕极了，像一头野兽，或许随时都会失去了人性而伤了自

己。但是小雨依旧表现得很平静，刻意压制住内心的不安。

瑾瑜瘦了，但是可以看出，他是精心打扮过来见小雨的。

看小雨坐在自己的对面，瑾瑜似乎只会傻笑。

"你不是有东西要送我吗？是什么？"小雨首先打破沉默。

瑾瑜忙从口袋里掏出一张折叠得很整齐的纸张。小雨打开，里面是一串数字，看起来像电话号码。小雨不解地看着瑾瑜："这是？"

瑾瑜腼腆地笑着："这是你弟弟的手机号码。你说过，对你最好的人就是你弟弟，他也是你最放心不下的人，所以我就去了你的老家，我到你们镇上的小学找到了你弟弟。我跟他说我是他姐夫，我还说你很想他。我还带了礼物给他，我对他说，你会打电话给他。"

小雨看着一串号码，内心居然复杂得像一团乱麻。她分不清眼前的瑾瑜是好人还是坏人。她看不懂他。小雨觉得瑾瑜可怕极了。小雨又怎么会想到瑾瑜会是这样贴心又是这样残忍的人。

"我们去哪？"小雨问他。

"你想去的地方，我就陪你去。"瑾瑜说。

"那好，我回去整理东西，明天我打电话给你，告诉你地点，然后我们一起走。"小雨说着从位置上站起来离开。

就在这时，警方埋伏着的人突然出现。瑾瑜看着这些身穿制服的人，似乎什么都明白了。他看着小雨，那眼神虽然平静，却让小雨不自觉地战栗。瑾瑜的眼里，似乎没有恨，只有悲伤，只有难过、失望和心痛。小雨躲避着他的眼神，不敢对视。直到瑾瑜被带走，小雨也没有多看一眼，因为她害怕。

　　兮兮很快被解救了出来。作为证人，她毫不隐瞒地说出了那天看到陌生男子剪断了小雨宣传车的刹车线，后来被软禁的时候又了解到，原来，瑾瑜是因为错误地认为古世勤是小雨的新男朋友才会这么做的。

　　小雨听着兮兮的诉说，觉得可悲。难道就是因为古世勤给自己端茶送水，在宣传的时候给自己撑伞，在雨天给自己穿外套，就让瑾瑜误会成了男朋友，还因此送了性命；而绑架兮兮也是因为得知兮兮发现自己作案。

8

　　瑾瑜因涉嫌故意杀人罪而获死刑缓刑两年。小雨在潇潇的陪同下前去探监。瑾瑜被警务人员带出来，坐在了玻璃的那一面。瑾瑜的眼睛里满是绝望和死亡的气息。小雨拿起话筒。瑾瑜也拿起话筒。

　　"你恨我吗？"瑾瑜问。

　　"我不知道。"小雨回答。小雨想要安慰瑾瑜说自己不恨，可是她无法欺骗自己。她不知道该不该恨。即便他所做的一切都是为她，可是她受的伤也都是为他。有时候她想，要是没有遇到瑾瑜该多好，没有瑾瑜，就不会有安琪，自己就不会经受那么多本不该承受的伤痛。

　　有时候她又想，命运真能玩弄人。若是瑾瑜和安琪就那么离开了，她也许就不会为了逃避瑾瑜而进入这个圈子，阿紫就不会死，古世勤也不会死，瑾瑜也不会犯这么多的错。

　　瑾瑜苦涩地笑着："果然，你是恨我的。"

　　小雨不否认，也不承认。

　　"他不是我的男朋友，他只是我的助理。他照顾我是应该的。"小雨不知道为什么自己要解释这个。

　　瑾瑜显得平静："我知道了。"

　　两个人静默地听着对方的呼吸。潇潇在一旁看着，觉得压抑极了。良久的沉默后，小雨发现自己终究无话可说："我要走了。"

　　透过玻璃，小雨看到瑾瑜点头，还有眼神中的泪光。小雨刚要放下话筒，只听到瑾瑜又说了一句话："我不后悔。"

　　小雨挂上电话，挽着潇潇走出大门。她到现在才发现，没有一刻，她是真正了解过瑾瑜的。虽然在一起那么久，她还是发现自己一点都不了解瑾瑜。她不了解瑾瑜现在能这样的执迷不悟，为什么当初又能那么狠心地丢下自己和安琪走。

　　小雨看到六月的阳光，它毒辣的样子似乎不想给人留下喘息的机会。而小雨，就是在这样毒辣的阳光下开着记者会，澄清这次车祸。当潇潇在话筒前不带喘息地刻意避开小雨和瑾瑜的关系，说着此事的关键人物——瑾瑜，小雨只觉得自己的心像中了毒一样的麻木，像是被阳光烤得干涸，连喜怒哀乐都变得像幻觉。

　　此事总算告一段落，那些愤愤不平的人也渐渐平息，没有人再恶意毁坏《半紫年华》，也没有人再恶意诋毁黛茜。她还是炙手可热的新人。她有了新的经纪人，她可以重新出发。

9

高泽洋正看着新闻报道，佟董事长走到高泽洋的身边，看到了电视上的新人黛茜。佟振宇指着小雨问："这个叫黛茜的小女孩是？"高泽洋这才反应过来，什么时候佟振宇已经走到了他的办公室。他忙起身："她是星光音乐公司的新人，前段时间风波不断，现在总算是风平浪静了。"

佟振宇看了黛茜几眼，然后就对高泽洋说起了正事："今晚我们有个饭局，你记得要来。对了，把这个新人带上，有事让她做。"佟振宇指的这个新人，居然就是电视里的黛茜。

高泽洋很疑惑董事长为什么要让自己带上小雨，想问，董事长已经走出了办公室。高泽洋拿出手机，给星光音乐公司打电话。星光音乐公司的人接到大公司来的电话，必定是点头答应，应允了要黛茜赴宴的事。这对星光音乐公司来说是史无前例的事，因为一直以来，星光音乐公司都竞争不过别的音乐公司，所以，也一直不被大公司看好。这次，自然是个表现的机会。

公司甚至出资给小雨买了高档的礼服和配饰。

小雨显然不知道自己究竟要做什么，公司竟然要她出席饭局，她也只能听话地去。潇潇送她到楼下便离开了，而此时，高泽洋也到了。

高泽洋下车，看到小雨华丽的样子，显然很震惊。然后，他走到小雨身边，勾起自己的手，示意小雨挽着自己，两个人一起进入了酒店的大门。

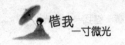
被带到包厢的路上，小雨显得不安："到底要我来做什么？"

"我也不知道。"高泽洋小声地回答。

小雨和高泽洋到达包厢的时候，佟振宇已经到了，整个包厢里坐着他一个人。看到他们来，他招呼他们坐下。

很快，陆续地来了几个老男人，西装革履，红光满面。然而，整个饭局上，只有小雨一个女人。小雨紧张不已，高泽洋坐在小雨的身边，示意她不要紧张。

饭局很快开始。小雨听不懂他们的谈话，也不敢吃东西，只是拿着筷子做样子。很快，佟振宇就向大家介绍起了黛茜。

大家纷纷表示赞叹。他们不关注娱乐新闻，也不关注八卦报纸，自然对之前黛茜发生的事不是很了解。现在的赞叹，不过是赞叹黛茜的美貌和年轻而已。看着那些带着赞许，又带着别的内容的目光，黛茜笑得极不自然。

紧接着，大家又谈到了股份的事。小雨坐在一旁，越来越觉得不自在，感觉自己像个陪酒小姐。那些人敬酒，小雨喝也不好，不喝也不好。可是想起公司交代自己在董事长面前要好好表现，无奈之下，只能接过一杯一杯的敬酒，几杯下肚，已经有些头晕。

高泽洋看小雨的样子，忙巧妙地将那些敬酒的人引到自己身上来。佟振宇看着高泽洋，隐约表现出了不满。

然而，到饭局结束，谁都不能幸免，都被灌得七荤八素。然而，当潇潇来接小雨的时候，却没有接到她。打她电话，也是关机提示。

10

小雨醒来的时候，发现自己躺在一个陌生的房间里。房间的窗帘被拉得很紧实，透不进一丝光线。小雨看到自己赤裸着身体，但是，房间里除了自己并无他人。她努力回忆昨晚的事情，却一点也想不起来。

无奈之下，小雨打电话给潇潇，让她来接自己。

然而，在高泽洋的办公室里。高泽洋正在经受一阵狂风暴雨。

"我说过，妇人之仁对你没有好处。你知道你的冲动给公司造成多少损失？"佟振宇很愤怒。对于高泽洋昨天的表现，他极其不满意。

原来，昨天是在谈一个大合同，而佟振宇的意思是要把黛茜献给那个董事作为交换。然而，就在那老男人脱光了小雨的衣服的时候，喝得醉醺醺的高泽洋却突然闯了进去，并且打了那个董事，于是合约就这样泡汤了。

"我知道我给公司带来了损失。"说着，他递上了一封辞职信。佟振宇看着高泽洋，眼神里一丝心软都没有，就这样批准了高泽洋的辞呈。

佟振宇从来就不会在给自己带来损失的人身上浪费一点感情和时间。他身边的，只有能利用的人。

高泽洋努力爬到了总经理的位置上，一夜之间又掉了回来。但是高泽洋不后悔，他并不屑于在这样一个不择手段，甚至伤害自己朋友的人的手下做事。以他的资历，他完全可以找到更好的老板。

"昨天你怎么回事？"潇潇边开着车边问。

"我也不知道。"小雨的头还是很疼。她一边按着太阳穴，一边回答。

"没发生什么事吧？"潇潇关心地打量小雨。

"没有。"小雨坚定地回答。

潇潇先带着小雨回家换了衣服："下午还有两个通告。"小雨边换衣服边应着。这时，从衣服里掉出一片纸来。小雨捡起，猛地想起这是弟弟聂小帅的号码，是瑾瑜进监狱之前留给自己最后也是最珍贵的礼物。

于是，她换完衣服，就连忙给那个号码打了过去。很快，电话就接通了。再次听到聂小帅的声音，小雨激动得有些说不出话来。她当初那一走，就走了这么多年。

"姐姐吗？"

"是。"

"那个哥哥给我这个手机的时候，他就说过你会给我打电话，没想到你真的打了。"

听着小帅稚气的声音，小雨激动得想哭，可又强忍着："你还好吗？"

"嗯，很好，我藏着手机不让爸爸妈妈看到呢。不过妈妈很想你。我也很想你的！"小帅的声音清亮得像山泉一样。

然而，听到小帅说，妈妈想自己，小雨的心里依然悸动着。于是，妈妈本模糊的容颜一下子又清楚了，那个总是哭的女人，那个懦弱，没骨气的女人。

"姐姐，现在有事，晚点给你打哦。"小雨害怕再说下去，自己会忍不住哭出来。

11

高泽洋丢了工作，在他认为并不是件坏事，至少可以好好放松一段时间了。闲来无事，他会去"蓝色"酒吧喝喝酒。虽然这里没有阿紫，也没有潇潇，更没有小雨，但是，他依然觉得这是个好地方。

高泽洋喝得微醺，终于觉得孤独了。他拿出手机，给小雨打电话。虽然他知道，现在的小雨不可能出现，但是他只是想和小雨说说话。

电话很快接通，高泽洋没等对方说话，就自言自语了起来："小雨，以后这样的饭局再也不要参加了。因为我不能再在这样的场合下保护你了，我不想你再受到一点点伤害。"

"你在哪？"隐约中，听到话筒里传来的声音，在嘈杂的音乐里，显得那么不真切。

"蓝色酒吧。"高泽洋回答。

本还想再说些什么，只听到话筒里传来挂断的声音。高泽洋淡淡地一笑：果然很忙。

高泽洋喝完杯中的最后一口酒，打算离开。他跌跌撞撞地向门口走去。外面的空气是燥热的，沉闷而压抑，高泽洋终于承受不了从开着冷气的酒吧内到室外的温差，而扶着门口的梧桐树吐了起来。

潇潇此时刚从计程车上下来，忙过来扶他，并拿出纸巾为高泽

洋擦拭着。高泽洋看到突然出现在自己身边的潇潇，微微皱起了眉头："你怎么来了？"

潇潇不回答，只是扶着高泽洋，将他送回家。

刚刚小雨在录制节目，所以，手机在潇潇的身上。是她接的电话。一听高泽洋在蓝色酒吧，她就匆匆赶了过来。她听高泽洋的声音就知道他喝醉了，她不放心他。

"昨天的饭局到底怎么回事？"潇潇将高泽洋扶到床上，边倒水边问。高泽洋说出昨天的事情经过，潇潇坐在旁边静静地听着，直到高泽洋说到因为把昨天的事搞砸了而辞职。

潇潇从沙发上站起来。她没有想到，这种事居然也落到了小雨的头上。她突然想起，小雨的节目录制应该马上就要结束了。她连忙让高泽洋好好消息，走出了高泽洋的家。

坐在回去的计程车上，潇潇第一次想明白了一个问题，那就是高泽洋不喜欢自己，他喜欢的是小雨。不然怎么会在醉酒后打电话给小雨而不是自己？不然怎么会说那些让自己听着心痛的话？其实，潇潇早就知道是这样，只是一直不愿意承认罢了。

但是即便如此，她也不想放弃。她对高泽洋的爱，并不会因为小雨就退让。她要付出她所有的努力，即便这些努力只是徒劳，她只是不想让自己后悔罢了。

到达电视台，小雨刚好从化妆间走出来。看到潇潇，她忙紧张地问："你刚去哪了？"

潇潇没有回答小雨的问题："我有事和你说。"

潇潇开着车，小雨坐在副驾驶的位置，一直看着表情不大对的

204

潇潇："什么事呀？这么严肃？"

"我刚去见高泽洋了。昨天那场饭局是用你当筹码换合约，当然你也不会吃亏，你会得到一个拍电影的机会。但是，昨天高泽洋为了保护你，打了对方。于是，他被辞退了。他让你以后再也不要参加这样的饭局了。"潇潇一口气将话说完。

小雨愣愣地听着。

"我也是今天才知道，他喜欢你。"潇潇突然说道。小雨想解释什么，又发现自己不知道该说什么。

"不过你放心，我会和你公平竞争。如果，我努力后，他的选择还是你，那么我退出。"潇潇仿佛是在宣战。

小雨看着潇潇，突然觉得什么解释都是多余的。虽然在知道潇潇喜欢的人是高泽洋以后，她一直在回避内心对高泽洋的感情。她从来没想过要和潇潇争夺什么，可是，潇潇如今把话说得这么直白，小雨不想反驳。

12

因为黛茜恢复了工作，频频出现在荧屏前，人气也越来越高。虽然潇潇说与她公平竞争，两个人成为对手，但是也并未影响两个人的关系。时间就在通告和录制新歌里缓缓流逝，而高泽洋，也很快在一家新公司里找到了工作。安承夜正在准备自己的毕业考，而吴深秋也在跟网络游戏里的一个女孩打得火热。

一切看起来似乎都很顺利。

但是就在这时，黛茜却收到了一份特殊的礼物。

礼物是直接快递到小雨的公寓的。本以为只是歌迷送的礼物，可是，拆开后，小雨惊慌的尖叫惹得潇潇忙从客厅跑了过来，眼前的情景让潇潇也吓得目瞪口呆。箱子里，居然是一只被剥了皮的鲜血淋漓的死猫，样子十分瘆人。

小雨被吓得跌坐在地上，潇潇忙走过去，看寄信人的地址，居然是匿名。

"要不要跟媒体公开？"小雨失魂落魄地问潇潇。潇潇思考了一阵："先别公开，看看再说。"

潇潇很快将死猫的尸体处理了。但是，因为受到了惊吓，小雨一直恍惚地觉得有人在背后看着她。于是，潇潇忙帮小雨推掉了近一个星期的通告。

然而，很快，小雨的手机就收到了一条短信，内容是："怎么样，我准备的礼物还喜欢吗？"小雨连忙打了过去，电话通了，却一直无人接听。再打，却关机了。这不像是普通的恶作剧，反而更像是恐吓。

然而，连续几天。每天都有这样的礼物送上门，到最后，小雨都不敢拆开礼物，直接丢进了垃圾堆。实在无法忍受了，小雨终于报了警。警方根据短信的号码展开调查，这个号码居然已经变成了空号。

黛茜受歌迷恐吓的事件很快被媒体报道了出来。于是，大家终于明白黛茜突然沉寂的原因，原来是受到了惊吓。

高泽洋第一个打了电话过来，紧接着，是安承夜和吴深秋。小雨忙跟大家解释，自己没事。

警方很快根据从快递公司了解到的情况，找到了一帮混混，而根据混混们的口供，警方将目标锁定在了一中，也就是安承夜所在的那所学校。当小雨得知这个消息，不禁一愣："这件事到此为止，我不希望你们再调查下去了。"

显然，警方包括潇潇都很惊讶小雨这样说。小雨没有说原因，只是一再坚持不再追究，也不希望警方再消耗人力物力和时间来调查此事。

在小雨的坚持下，这件事，最终不了了之。新闻媒体以及所有人都对黛茜的表现开始猜忌。然而从此，这样的事情再也没发生过，没有再来快递，也没有短信。

但是，黛茜依然拒绝再接通告，不仅如此，甚至尽量避免露面，于是，人气一路走下坡。潇潇知道她的心思。从她进入娱乐圈以来，她就遇到了太多的事，她希望被淡忘，甚至过气，这样，等到一年合约到，她就可以选择回去过正常的生活。

因为黛茜的停工，公司很快挖来了新人。近日来，人气攀升得十分快，甚至在短短三个月里就压过了黛茜。

小雨倒是一点都不为所动，因为她越火，公司就越会把重心放在她身上。但是，因为名气的关系，新人江南倒是不怎么把黛茜和兮兮等所谓的前辈或者师姐放在眼里。甚至偶尔还能听到江南在背后说，都是些过气的老艺人了，有什么好客气的。

因此，江南在公司里横行跋扈，觉得一个助理不够。有时候甚至还使唤起了潇潇。小雨一直觉得人不犯我我不犯人，但是现在江

南已经欺负到了潇潇的头上了，甚至有事没事就大呼小叫，把气都撒到潇潇头上。

"江南，潇潇是我的助理，你凭什么叫她帮你做事？"小雨气愤地对江南说。

"谁说的，都是同一个公司，她既然是做助理，那就是为我们这些明星做事的，哪还分你分我的。而且，你现在不是闲得很吗？你有什么可忙的。实在不行，我叫王总把潇潇分给我。"江南说话的时候，趾高气扬的，一副天下唯我独尊的姿态。

小雨只好无奈地跟王总说这件事。王总倒是不以为然："人家江南现在炙手可热的，她也很忙，多要一个助理也是可以理解的。"

小雨看着王总那嘴脸，只觉得一阵恶心。潇潇虽然也是个强势独断的人，但是对于目前的情况，她知道忍耐才是上策。

13

那是一家隐蔽的西餐厅，小雨坐在一个靠窗的角落。现在的一切都如她所愿。公司有了新人，而自己，也如昙花一现，最后销声匿迹，她现在可以过正常的生活了。

窗外的梧桐树已经开始落叶，小雨看着，有些惆怅起来。就在这时，电话铃响了起来。小雨记得这个号码，是聂小帅的。

小雨接起，电话那头是个女人沧桑的声音："小雨啊，是小雨吗？"

小雨怎么也没想到妈妈会给自己打电话，一时哑然，说不出一句话。

"小雨，事情我都知道了，你回来好不好？"妈妈说着说着，居然哽咽了。小雨的眼泪也夺眶而出。

"爸爸让我们回家。"

"爸……爸？"这个称呼已然让小雨觉得陌生。多少年了，她从没说过这两个字。

原来，佟北南后来娶的那个女人，虽说生下了一个儿子，但是，后来却发现并非佟北南的孩子，是那个女人和她男友的。那个女人之所以靠近佟北南，也是因为他的钱。

那个叫佟北南的人，就是小雨的亲生父亲。就因为那个女人，和她肚子里的男孩要背叛母亲和自己的男人。

小雨听着电话，第一次如此失态："我为什么要回去？他们想让我们走我们就走，现在想让我们回去就得回去吗？当我们是可扔可捡的垃圾吗？"小雨说着说着，就哭了。

那头，妈妈也哭了。

对于佟家来说，这是极大的耻辱。于是，很快让佟北南办理了离婚手续，将那个女人和那个毫无血缘关系的孩子赶出了家门。而后，佟北南经过周折辗转，找到了小雨的妈妈。

"要回去你一个人回去，我不回去。"说完这句话，小雨就挂断了电话，狠狠地抹了一把泪，走出了咖啡厅的大门。

小帅又发来了短信。"姐姐，这几年爸爸跟神经病似的，不但对妈妈动手，甚至对我也动手了。这些年，妈妈的日子并不好过。为了妈妈，跟她一起回去吧。妈妈说要带我一起走。那个男人说了，

愿意给我爸爸一笔钱。爸爸答应了。"

小雨愣愣地看着短信，不禁觉得满世界都是悲哀的味道。

小雨依然不回复。她不知道自己该不该跟着妈妈回去。她觉得自己的内心，既向往，又排斥。对于那个陌生的，冷漠的家。小雨从来没有什么印象。

最后小雨还是强硬地拒绝了。她可以生活，即便没有所谓的家人。潇潇问小雨："你爸爸到底是个怎么样的人呀？"

小雨怔了怔，不知道怎么回答。从出生到现在，她的印象里，并不存在爸爸这个词。只是，六岁的时候。跟妈妈坐了很久很久的火车，在一个天寒地冻的夜里，小雨拉着妈妈的手走出温暖的车厢，小雨的身体狠狠地发抖。

来接她们的是那个男人。小雨看到那个男人喊了第一声"爸爸"，但是男人并没有友好地回应她。从那以后，小雨不再喊爸爸。在日记本里，她称呼他的后爸为"那个男人"，再后来，那个男人开始虐待自己和妈妈。小雨在日记本里就改称呼他为"那个恶魔"。

爸爸，这个词就像奢侈品。又华丽又昂贵。小雨只有站在橱窗前观赏的份，从来不会觉得那属于自己。

14

潇潇劝慰小雨，认为她应该回去。就算是为了自己的妈妈。也许潇潇带了私心。于是，身边都是希望自己回家的声音，包括安承夜。小雨开始陷入矛盾中。

最后，她终于决定回家。在离开之前，她约了所有的朋友，一起吃饭。喜乐酒店的贵宾包厢里，所有人都到齐了。似乎所有人都为小雨即将来到的新生活而雀跃。大家举杯共饮。

婷薇和安承夜是一起来的。

大家在桌上侃侃而谈。安承夜和婷薇被学校双双举荐，已被芝加哥大学等六所学校录取；而吴深秋在父母的一再坚持下，他决定去美国了。这次也可以算是他们的欢送会。高泽洋一再升职，又算高泽洋的庆祝会。总之，似乎每个人都有自己开心的事。

"我去上个洗手间。"席间，小雨去卫生间。

婷薇也忙说："我也去。"

走出包厢门，两个人在长长的走廊里并排走着。

"是有事要和我说吧？"小雨转过头，对婷薇说。婷薇脸上的表情复杂地变化着，最后只是说了一句："对不起，谢谢！"

小雨笑着："没关系。"

婷薇就是那个寄礼物的人。因为那段时间，安承夜一再拒绝婷薇的示爱，而理由都是小雨。一直养尊处优的婷薇又怎么受得了这样的打击？所以，一时气不过，才叫人给小雨寄了邮件。然而，她却不知道她的父亲，也就是一中的校长，也在努力给婷薇制造机会。包括这次的双双举荐。

"以后，承夜哥哥，就请你帮忙照顾了。还有，这是个很好的机会，希望你加油。"小雨微笑地说。她是真心的。她从来就没想过和安承夜会有什么，也许在十四岁之前有，可是，后来，小雨懂

得了爱情不是纯粹的依赖。她对安承夜，就是因为太过依赖，才会误以为那是爱情。

"谢谢！"婷薇温婉一笑。

不知道是因为开心，还是因为分离而难过，今天大家都喝得特别多。走出喜乐酒店的时候。小雨转头看喜乐酒店的大门，不禁想起了瑾瑜。那时候，她还是个流浪的小孩，站在喜乐酒店门口怯生生的。

小雨想着想着，眼泪就掉了下来。如果不是喜乐酒店，又怎么会有现在的自己。一切在这里开始，也在这里结束。

"如果回家后，不开心，打电话给我，我带你走。"这是高泽洋最后在醉酒的情况下对小雨说的话，而潇潇就站在他们的身后。潇潇知道自己输了，从一开始就输了，高泽洋的心里，小雨远比自己的位置站得深。

这天夜里，居然飘起了今年的第一场雪。缓缓的，像一个又一个坠落的灵魂，轻盈而沉重。

15

小雨在大雪中坐上了回小镇的公车。车子在积雪成堆的路面上行驶得异常缓慢。窗外的风景就像电影画面一样转换着。小雨想起自己出走的那夜，走在这条路上，无心关注身边的风景，只是一味地逃离。还有那个好心的计程车司机，是他送自己到市里。

小雨先到了火车站，想坐火车远走，可是，身上没有钱，所以她只能在城市里流浪。那些心酸的画面，似乎就像昨天一样清晰。

小雨拿出手机，给聂小帅发短信："我回来了，让妈妈等我。"

小雨走到巷子口，安承夜的房子还在。她记忆里的提琴少年，如今已经是翩翩君子。他依然那么优秀。

妈妈和小帅早已经站在巷子口等待。看到小雨来，她险些认不出来。妈妈上前抱住小雨哭了起来。小雨平静地抱着妈妈，没有哭，也没有笑。倒是小帅，长高了，也长大了，是大男孩了。虽然还是一脸的稚气未脱。

妈妈带着小雨走进巷子深处。那个男人坐在家里悠然地抽着烟。也许是为了那一笔钱，他安分了不少，这些天也对小雨的妈妈格外客气。

小雨没有久待，她不想看到这个男人。她想见的，是她的爸爸。

很快，一辆奔驰停在了巷子口。从车上走出来一个穿西装的男人，成熟而干净。如约，男人带来了支票，也带走了小雨小帅和妈妈。

一路上，都显得沉默。小雨不知道该说什么，男人也不知道该说什么。车厢里的气氛变得压抑而尴尬。窗外是一片雪白。

佟北南开着车，小帅和小雨相互依偎着睡着。

"这些年，你还好吗？"男人小声地对小雨的妈妈说，语气里带着愧疚。

"还好。"妈妈平静地回答。

这么多年，小雨的妈妈从未抱怨过，也没有恨过。或许她曾经心如死灰，但是，时间让她变得宽容而淡然。

　　佟北南也知道自己的问题显得多余。从找到她的那一刻，他就知道，她过得不好，很不好："对不起！"

　　妈妈显然很惊讶关于他的抱歉，很吃惊地看着他，随即眼眶里慢慢闪出了泪光。最后她依然微笑："没关系！"

　　就如同当年跟着妈妈从那个城市辗转到这个城市，这次又从这个城市回到那个城市，一切就像画了一个圆。小雨不知道，这是灾难的结束，还是灾难的衍生。小雨从来没有想过，自己可以原路返回，回到那个没有恶魔的过去。

16

　　七个小时，小雨终于回到了她出生的城市。

　　"姐姐你快看！"小帅兴奋地拉着小雨的手，指着车窗外。

　　窗外又下起了大雪，雪花在霓虹的照射下变得五彩缤纷。她看着看着，竟然有些痴迷。车子驶进一个高档小区内，停在一栋别墅前。

　　小雨跟着佟北南进屋。屋里亮着白色的灯光，顶上的水晶吊灯，把整个客厅照得敞亮极了。欧式的桌椅，德国的地毯。一个女人，年过半百，打扮得却很正式，一点不含糊。她是小雨的奶奶，佟北南的妈妈。

　　看到小雨和她的妈妈，她脸上居然露出了和善的笑容。这和第一次见到小雨的表情完全两样。小雨觉得自己像做梦一样，仿佛是灰姑娘进入公主的城堡。一切都显得那么不真实。

"北南回来啦？"这时，从厨房里走出一个男人，他手上端着刚洗好的新鲜水果。小雨抬头看他，而他也看到了小雨。四目相对，两个人都显得惊讶。他就是小雨的爷爷，佟振宇。

"怎么是你？"佟振宇震惊地问。

北南好奇地问："爸你见过她？"

没等男人回答，小雨先开口："没见过，我想爷爷应该是认错人了。"

小雨觉得世界真是无奇不有，自己的亲生爷爷将自己作为陪酒小姐送给自己的生意合作伙伴。

就在这时，小雨的电话响起，是星光音乐公司的王总。因为连续几个月，小雨不曾接活动，接通告，前段时间因为在忙新人，所以没有过多关注小雨，如今回过神来不得不管管小雨了。

小雨听到王总在那头像狮子一般的吼叫，拿着违约金来打压小雨。小雨眉头微微皱起。将电话递给佟振宇："爷爷，我想我有个麻烦需要你解决。"

佟振宇拿过电话，看到号码，只说了一句话就挂断了电话："从此以后，没有黛茜这个人，其他的你们想办法。"语气里带着不可违抗的威严。

"姐姐？黛茜是你吗？"小帅站在小雨身边轻轻问。

小雨冲着小帅淡淡地一笑。

对于这突然而来的和蔼和客气，小雨的妈妈也显得很不自然。当初受尽了冷眼和欺负，一家人坐在客厅里和和气气聊天的场景，是她这辈子都没有想到的事情。

　　"小雨，以后，你是愿意工作还是愿意上学？"为了补偿对小雨以及她妈妈的亏欠，佟北南亲切地问。

　　"把星光音乐公司交给我打理吧。"小雨说这句话的时候，是看着佟振宇说的。佟振宇先是一愣。随后笑了："好，答应你。"他也许是觉得星光音乐公司也只是小公司，就算是给小雨当玩具，佟振宇也一点不在乎。他一点都不在意星光音乐公司的存亡，这些年，一直本着让它自生自灭的态度。

　　"至于小帅，把他安排到最好的学校去。"小雨又补充道。说话的时候，倒是显出了几分锐气。

　　"这个当然没问题。"佟北南一口答应。

17

　　小雨的房间在小帅房间的隔壁，房间干净得一尘不染，宽大的阳台，柔软的大床，还有书桌以及极其雅致的木制家具，一切都透着陌生的味道。小雨躺在床上辗转反侧。她只是觉得脑子很乱，奔走了这多年，流离了这么多年，最终妈妈还是带着自己回到了这个家。

　　她不知道妈妈会不会感激那个男人。是那个男人，让妈妈遇到了那么多的灾难；也是那个男人，将妈妈拉回了现在的生活。

　　敲门声打断小雨的思维。小雨下床，打开门，是小帅，一双清澈的大眼睛眨巴眨巴的，样子甚是可爱："姐姐，我跟你一起睡。"小帅撅着嘴，一脸无辜和可怜。

小雨微笑着，让小帅进了自己的房间。

小帅躺在小雨的旁边，睁着明亮的大眼睛盯着天花板："姐姐，以后我们真的就在这里生活了吗？"

"嗯。"小雨平静地回答。

小帅不再说话了。这个陌生的环境让小帅不安，他总觉得自己像是在做梦，一瞬间就从穷小子成了小少爷。

"姐姐，你找到承夜哥哥了吗？"小帅又问。小雨一惊，这个小鬼头居然还记得安承夜。

"嗯，承夜哥哥很好，以后一定会成为一名出色的音乐家的。"小雨坚定地回答。

"他还喜欢你吗？"小帅又问。

小雨愣了愣，却不知道自己该怎么回答了。小帅记得承夜喜欢过自己，也记得自己喜欢过承夜。但是，真正背弃这段感情的人是自己，就像因果循环，她放弃了安承夜，也被瑾瑜背弃。

小雨想到了瑾瑜，那个为自己而发疯杀人现在还在监狱里的男人。

"睡吧。"小雨搂着小帅，没有回答。在这个家的第一夜是不安的。其实小帅很难过，他没有想到，一笔钱，就能让自己的父亲像卖货品一样地卖掉他。小帅怎么都想不通，妈妈在说要带自己走的时候，爸爸居然一丝争取都没有。

虽然小帅还是个小孩，但是，他想的事情却早已超乎了他这个年纪。

次日，小帅被送进了所谓的贵族学校，而小雨，也置办了一身

的行头。她买了新的手机，新的衣服，新的化妆品，彻底地改头换面，因为她要开始接手星光音乐公司了。

一夜之间，小雨成了星光音乐公司的最高领导人，王总降为了副总。开会的时候，对于这个新的总经理，所有人都瞠目结舌。江南、兮兮还有潇潇。第一次开会，小雨也没有丝毫的紧张，还拿出了作为老板的威严，下达任务也毫不含糊。

小雨决定，公司先要制作兮兮的专辑，把流紫留给黛茜的第二张专辑的歌全部给兮兮唱。另外，潇潇提升为总经理助理，却没提到江南。江南也深知，自己曾经看低了小雨，所以，小雨也没必要为自己着想。

然而，更多的是猜忌，猜忌小雨是不是做了董事长的小三，或者傍了什么大款，所以才会一夜之间咸鱼翻身。小雨并不在意别人怎么猜想。

"到底怎么回事？"散会后，潇潇和小雨走在一起，不解地问。

小雨笑了笑："还记得当初那个饭局吗？公司的董事长，是我爷爷。"

潇潇惊讶地张大了嘴巴。小雨淡淡地笑："不可思议吧？"

小雨走进办公室刚坐下，王副总就敲门了。

"请进。"小雨说。

王副总进门，然后关上门。小雨请他坐下："有什么事吗？"

"我觉得，现在江南正是当红的时候，如果不趁现在继续捧她，很可能就要埋没了。而且，现在这个时候换人，对公司并没有什么好处，你觉得呢？"王副总认真而又怯懦地分析着当前的市场和公司的局势。

小雨只是淡淡一笑："是因为江南是你的情人？所以你当初才那么努力地捧她？"

王副总愣了愣。

"这公司暂时还是我说了算，你要是不满我的作风，你随时可以走。"小雨平静地吐着杀伤力极强的字眼。

最后，王副总彻底败下阵来，狼狈退场。江南刚入公司的时候，就是一副趾高气扬小人得志的样，大家早就知道她是霸着王总才上位的。只是小雨一直不理会这些风言风语。如今王副总居然对自己指手画脚了，小雨也不能示弱。

也因此，小雨正式在公司树立了威严，虽然王副总挂着副总的名号，却是有名无实，公司大小事，终究还是由小雨说了算。

18

一周后，小雨正式将自己的名字改为了佟姓，也算是认祖归宗了。而小帅却一再坚持不改姓，佟振宇也没有强求。

小雨因为公司的事务而越来越忙。因为有很多不懂，所以仍然处在学习阶段。公司的运行，以及一些程序，那段时间，她忙得不可开交，身心疲惫。但是，兮兮的专辑还是在预定的时间内赶了出来，并且发行。

然而，这次的效果非常显著，兮兮在一周内进入了新人榜。都是因为小雨给予了大力的宣传，而不像当初发单曲的时候，王总是

借我一寸微光

以试水的态度，所以兮兮才会一直不温不火。

然而，再接到安承夜的电话的时候，已是好几个月后。他说，他要和婷薇一起出国深造，三天内要走，想聚聚。

小雨答应了。

小雨和潇潇一起到场的时候，高泽洋也在。安承夜看到小雨似乎脱胎换骨，除了高泽洋，没有人知道小雨的背景。那次小雨说要回家之后，就没和大家联系过，就连高泽洋，也是潇潇告诉他的。

"新家还好吗？"安承夜关切地问。

"好的不得了，现在咱们小雨可是星光音乐公司的总经理了。"潇潇抢着回答。

小雨这才缓缓说出了自己居然是佟振宇孙女的事实，惹得大家一阵惊叹。

应该说，这个聚会是个欢乐的聚会，大家开心地喝酒唱歌聊天。潇潇见高泽洋走出了包厢，也跟着走了出去。

"我们聊聊吧。"潇潇说。高泽洋看着潇潇，等待她的下文。

"我已经很努力让你喜欢上我了，可是最后，我发现我的努力全是白费。所以，我决定放弃了，我还是那个潇洒的潇潇。"潇潇说这句话的时候，夸张地笑着，眼睛里却闪着泪花。

高泽洋知道潇潇为自己做的改变。潇潇是个冷艳的姑娘，可是，现在的眼神里却再也看不出当初的独立和决绝。可是高泽洋不知道该怎么回答潇潇，最后，只能勉强地笑笑："这才是我认识的潇潇。"

"所以泽洋，我要从心里对你说再见咯。"潇潇依然笑着，说完这句话，就转身走进了包厢。包厢里灯光昏暗，没有人看到被潇潇迅速抹去的泪水。

很快，高泽洋回来，坐在了小雨身边："真是不可思议，佟董事长居然是你的爷爷。"

小雨笑着回答："是呀，我也觉得不可思议，我甚至都不知道他接我们回去是为了什么。"

"别想那么多了，开心最重要。我还是那句话，如果你不开心，告诉我，我带你走。"

聚会散场的时候，安承夜递给小雨一个盒子："小雨，这应该是我最后送你的礼物了。"小雨点点头，接过。

礼盒里是水晶的小提琴。小雨不解地想了想，最后终于明白，安承夜，是要自己记得他。

19

安承夜和婷薇三天后飞往巴黎，吴深秋在五天后飞往美国，小雨都没有去送机。因为公司的事务太忙，基本已经是小雨独当一面了。

然而，潇潇的离开却是在意料之外的。潇潇不辞而别，离开了小雨的生活，只留下一条苍白的短信。短信的内容大意是，她退出了，她希望小雨能和高泽洋在一起，她要去寻找那个原来的自己。

小雨看到短信，便连忙给潇潇回复了电话，但是，对方的提示却是关机。小雨立马给高泽洋打电话。高泽洋说，他也收到了同样

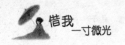

的短信。

小雨和高泽洋很快会合，小雨上了高泽洋的车，却又不知道潇潇会去哪里。只能满大街漫无目的地寻找。最后，天色渐渐暗了下来。高泽洋说："也许，这样也好。"小雨知道高泽洋的意思，最终放弃了寻找。夜晚的霓虹闪烁，晃动了小雨内心的失落和悲伤。不知不觉，高泽洋的车子驶到了"蓝色"的门口。

"要进去坐坐吗？"高泽洋问。

小雨点点头。两个人一前一后走进了酒吧。小雨找了个靠角落的位置坐下。她看着身边的一切，拥挤的人潮没有变，嘈杂的音乐和迷幻的灯光没有变。什么都还是老样子，然而变的是人。

阿紫，潇潇，甚至是自己。

"我们正式交往吧。"高泽洋看着小雨，终于说出了这句话。然而，当小雨真正地听到这句话的时候，又有了顾虑和恐惧："你知道我的过去，你也知道我以后不能生孩子。"

"是，但是我不介意。"高泽洋看着小雨，坚定地说。小雨张了张嘴，却又无言以对。然而，就在这时，小雨在人潮里看到了一个熟悉的身影，她正匆匆地往酒吧外走。小雨连忙跟了上去。她确信自己没有看错，那个人，的确是安琪。

小雨追着安琪的脚步走出了酒吧门口。

"安琪。"小雨叫住她。果然，安琪定了定神，转过身来。

如今的安琪已然是另一副模样。她时尚，她美丽，全身上下都是奢侈品。小雨知道，光是她手上的那款手表就价值不菲，还有她脖子上的水晶项链。

看到是小雨，安琪愣了愣，满脸惊讶的表情。她也没有想到在这里能遇到她。小雨看了看眼前的安琪，又看了看停在门口的那辆轿车，以及那轿车里的老男人，便看懂了一切。

小雨走到安琪身边："瑾瑜在监狱里，有空去看看他吧。"小雨看到安琪的表情定格了一般，不再说什么，转身走进酒吧。然而，她听到身后的安琪对着自己喊："我不会去看那个窝囊的男人的。"说完，钻进了那辆豪华轿车。

然而，安琪并没有按自己说的做。她还是去看瑾瑜了。

透着厚厚的玻璃，安琪看着憔悴不堪的瑾瑜，拿着话筒却不知道该说些什么。反而是瑾瑜先开了口："你还好吗？"

安琪愣愣地嗯一声。瑾瑜似乎又自嘲地笑了："其实不用问，看你现在的样子，就知道你很好。只是，你为什么要来看我？"

安琪对着话筒，轻轻地说："也许，有那么一瞬间，我是真的爱过你吧。"

瑾瑜突然大笑了起来，最后对着话筒大声地吼叫："你给我滚，我不需要你来看我。你该过什么样的生活就去过，我不是为你杀的人，别……"

话还没说完，情绪激动的瑾瑜就被监狱的工作人员拉了进去。探监结束，安琪哭着走出了监狱的大门。

借我一寸微光

20

小雨终于还是接受了高泽洋。也许不是因为爱情，小雨觉得自己已经丧失了爱的能力。她选择高泽洋，因为她只是需要一个依靠。本以为可以这么平静地生活，可是，意外总是会频频降临。雅琳再一次毫无征兆地出现。

雅琳进门的时候，小雨正穿着睡衣蜷缩在沙发上，高泽洋正在给小雨准备晚餐，一切看起来似乎很安逸。

雅琳发了疯似地冲过来，与小雨撕扯了起来，嘴里还大声地漫骂着："这一切都是我的，你凭什么在这里？"

高泽洋听到客厅的动静，赶忙出来。刚想去阻止，只见小雨狠狠地搧了雅琳一巴掌，最后客厅终于安静了。小雨整理着自己的衣服和头发，而雅琳却更像个疯子。看到高泽洋的一瞬间，她眼神突然放出了光芒。

她冲过去一把抱住了高泽洋，哭着喊着："泽洋，对不起，我没办法和别人在一起。离开你这么久之后，我才发现，我根本没有忘记你。我回来了。求求你，再爱我好不好？好不好？"

高泽洋愣愣地看着小雨，小雨平静地看着眼前的一切。最后，小雨默默地上楼，换了衣服，然后走出高泽洋的家。

高泽洋追出门口，冲着小雨喊："请给我点时间。"

小雨顿了顿，随即回头，对着高泽洋一笑，然后点了点头。然而，转过身后，内心却是一阵又一阵莫名的空洞和失落。但是，想着晚上有个商业聚会要参加，她又不得不打起精神来。

　　这个聚会是佟振宇举办的，来参加的都是各界商业巨头。小雨穿着华丽的礼服，被佟振宇带着游走在聚会上。

　　最后，佟振宇将小雨领到一个年轻男子面前，向他介绍："这是我的孙女，小雨。"男子将目光落在小雨身上，华丽，端庄，大气，除了这些，还有眼神里看淡一切的倦怠感。他满意地点点头。

　　"小雨，这是华氏的年轻总裁孙俊驰，你陪他聊聊，我先过去一下。"说着，佟振宇便离开了。小雨觉得这其中有什么怪异的地方，却又不知道哪儿怪。

　　"走，去阳台。"孙俊驰提议，小雨微笑着跟上。孙俊驰靠着栏杆，以悠闲的姿态说："你觉得我们两个怎么样？"

　　小雨睁大眼睛："什么？"她显然没反应过来。

　　"你爷爷说，让你嫁给我。你怎么看？"孙俊驰直接地说明。小雨愣愣地看着他："为什么我不知道？"

　　孙俊驰趴在栏杆上："所谓商业联姻，好像你们的公司出现了问题呀。"小雨愣了愣，随即想起，因为高泽洋保护自己而毁掉的那个大合约。难道，这就是导致公司危机的原因？小雨越想越深，或者说，佟振宇千方百计要佟北南找回自己和妈妈，就是因为这场商业联姻？

　　小雨好像突然清醒了，但是，她怎么也没有想到会是这样的结果。

　　"好呀，我无所谓，但是我不会爱你的。"小雨直白地说道："而且，我没有生育能力，我想，这个你也没了解过吧？"

　　"你真直接。"孙俊驰看着小雨笑着说道。

　　"我只是不屑伪装。"小雨看着远处的点点星光，淡淡回答。

21

"我也不爱你，但是我会娶你。这也是我父母的命令。"孙俊驰无奈地说道。小雨不说话。她只是觉得绝望和可悲。所谓亲情，所谓爱情，都是贩卖品。人心真渺小，却又险恶。聚会结束的时候，孙俊驰提出送小雨回家，小雨微笑着答应了。

车厢里开着适宜的暖气，小雨看着窗外不说话。她想起了高泽洋对自己说的那句话："如果不开心，你告诉我，我带你走。"

其实，小雨真的不开心，也许最初还有回家的喜悦，因为那些才是真正的亲人。可是，这一切如果掺杂了这样一个商业联姻的目的，一切似乎又变质了。她不开心，虽然星光音乐公司被自己打理得井井有条，虽然自己再也不用担心经济问题，再也不用流离失所，可是，她仍然不开心。

可是，她又不得不为自己的母亲考虑。母亲自从被赶出了那个家，经历了那么多的折磨和无奈，吃过那么多苦，受了那么多罪。还有弟弟小帅，若是自己一走了之，难道让他们继续回到那个男人身边过忍辱偷生的生活？

佟振宇是多么不择手段的人？既然他的目的是自己，若是自己走了，他还能给妈妈和小帅那么优越的生活吗？想到这儿，小雨不禁觉得压力如排山倒海，全都倾向自己。

"你在想什么？这么出神？"孙俊驰看着小雨走神的样子问。

小雨此时才回过神来，忙挤出一丝敷衍的笑容："没什么。"

车子很快停在小雨家门口。孙俊驰下车，绅士地绕过车子为小雨开车门。小雨轻轻地说一声谢谢，然后下了车。

刚要进门，只听见孙俊驰在身后冲着自己喊："你可以考虑考虑我们，虽然我不爱你，但是我觉得我不会讨厌你。"

小雨顿了顿，转过身："好。"

孙俊驰露出好看的笑容，上了车，启动引擎，离开了。小雨刚要转身进屋，却看到了站在路口注视着自己的高泽洋。淡淡的灯光打在高泽洋的身上，将他的身影照得异常的消瘦和孤单。

小雨冲他走过去，心里是万分的复杂。她想让高泽洋带着自己走，又不忍心就这样丢下经历磨难的妈妈和小帅。小雨走到高泽洋面前，高泽洋背着光，她看不清他的表情。

"我拒绝了雅琳，也把她送回家了。"高泽洋的声音很冷，比这天还冷。

小雨轻轻地嗯一声，不再说话。

"你还愿意跟我走吗？"高泽洋问。

小雨抬起头，微微一笑，然后摇摇头："泽洋，你有没有想过，当初你是因为我才导致你和雅琳现在的局面？现在不正是你应该补偿她的时候吗？你曾经也懊恼自己为了我而伤害了雅琳不是吗？现在为什么不抓住机会？"

高泽洋没有想到小雨会说出这样的话来，终于忍无可忍地爆发了："刚刚我都听到了，你要和他结婚了是吗？因为我的背景不如他是吗？"可是，话一出口，高泽洋又后悔了。他心里清楚，小雨绝对不是这样的人。

"确实，你们相比，你的确不如他。所以，我要和他结婚。我

已经不是情窦初开的单纯小女生了。不会傻到还相信所谓的爱情。我想你应该明白，别浪费时间了。"小雨说完这句话，便头也不回地走去。

她害怕，一停下来就会心软。她害怕自己控制不住会对高泽洋说，让他带自己走。她害怕妈妈和弟弟不幸福。她害怕得太多太多。

"原来，这才是真正的你，是我看错了。"高泽洋冲着小雨的背影吼，然后，上了车。听到这句话，小雨的眼泪一下子就落了下来，但她还是小声地回答着："对，这才是真正的我，你看错了。现在清醒还来及。"只是声音太小，高泽洋也许并没有听到。

空荡荡的公寓就如同小雨的心一样，空了，麻木了，甚至连悲伤，都流不出眼泪了。小雨脱去衣服，走进卫生间。热水冒着汽，小雨站在底下任由热水冲刷自己疲惫的身体。她甚至不愿意再去想任何任何的问题，因为每一个问题的最后结果，都是一条走不出去的死胡同。

小雨倒在床上，拿出手机，给孙俊驰发短信。简简单单一行字："我们结婚吧。"

孙俊驰很快回短信："好。"

小雨从来没有想过，曾经看得那么重的婚姻，如今可以这么随意，这么简单。和一个认识不到一天的人，因为并不讨厌对方，所以就可以在一起组建一个家庭。想到这儿，小雨开始为自己对瑾瑜那般疯狂的执著觉得可笑。可是，想着想着，眼泪却把枕头浸湿。

第六章　坠落的星光

1

因为小雨还未满婚龄，于是，家人决定，先订婚。等到小雨满二十二岁，马上举行婚礼。听到这个消息的时候，小雨的妈妈和小帅都呆愣在客厅的沙发上。

"小雨还小，怎么这么早就给她谈婚论嫁了？"小雨的妈妈不解地问。

小雨连忙挤出笑容解释道："妈，俊驰真的很好，对我也很好。这么好的老公，再拖就成别人的了。"

这句话倒是惹得佟振宇哈哈大笑起来。小雨看着那张险恶的脸，心里暗暗鄙夷着。对呀，这一切不都是佟振宇希望的吗？现在的一切，不都是随着他的计划走吗？"

"唉呀，怎么说着一点都不害臊。"妈妈忙开心地指责着。

"姐姐，你不能嫁，你要嫁了我就跟你一块嫁过去，我就是要和你在一块。"小帅拉着小雨的手稚气地说道。客厅里，所有人的

脸都沉了下来。小雨忙打圆场："好呀，到时候我在新家里弄个房间给你，你跟我一块。"小帅才呵呵地笑了起来。

这天夜里，小帅又抱着枕头来到了小雨的房间。

"姐姐，你不幸福，我会难过哦。"小帅稚气地说。虽然只是一句孩子气的话，却一针见血，刺痛了小雨的心。小雨转过身，抱着小帅："傻瓜，姐姐怎么会不幸福呢？"

"可是，你不是应该和承夜哥哥在一起吗？"小帅固执地说。

没想到，这个小鬼，还是对安承夜念念不忘。是呀。当初，给自己最多保护的就是小帅和承夜，而给小帅最多印象的人也是安承夜。他怎么会忘记安承夜呢？只是，小帅太小，他不知道有些东西，早已改变了。

那些过往，让小雨学会了对现实妥协，对自己妥协。也终究磨平了自己的锐气和棱角。

订婚宴就安排在下周。因为忙着订婚的事，公司的事务暂且都交给了王副总打理，由兮兮协助。

小雨和俊驰拍婚纱照的日子就定在了次日，并且加急了，因为在订婚宴上要展示两个人的合照。这并不是象征着一对新人，而是象征着两大企业和两大家族的合作。小雨还是决定去看看瑾瑜。说不上为什么，只是觉得应该交代一声。

小雨来探监，瑾瑜被警务人员带了出来。两个人平静地面对面坐着。

"我要订婚了。"小雨淡淡地说。紧接着，看到瑾瑜的眼神里闪了一下，随即暗淡了下去："对方是谁，你爱他吗？"

"华氏企业的年轻总裁，我不爱他，只是不讨厌他。"小雨依旧诚实地回答着。而这些话，却刺痛了瑾瑜的心。瑾瑜的心里，自始至终，只有小雨一个人。他对小雨的爱，从来就没有停止过："那你为什么还要和他在一起？"瑾瑜情绪有些激动，却刻意压低了声音。

小雨面无表情："没有那么多理由，我来也只是为了告诉你一声。我要走了。"

"你不幸福，我就会死。"瑾瑜认真地看着小雨，一字一字坚定地说出这句话。小雨依旧平静地看着瑾瑜，然后淡淡一笑。走出了监狱。

小雨漫无目的地走在大街上，午后的阳光多多少少驱赶了这个冬天的一点寒意。不知不觉，她居然来到了高泽洋的家门口，愣在门口良久，终于还是走了过去。小雨觉得，或许这才是最好的结局。

2

第二天一大早，孙俊驰就开着白色的跑车来到小雨家门口，接她去拍婚纱照。小雨没有刻意打扮，上了俊驰的车。

化妆师、摄影师以及所有的助理，都深知此次的客户来头不小，自然不敢怠慢。小雨穿上了法国顶尖设计师设计的婚纱，坐在镜子前，让化妆师为自己化妆。小雨眼神空洞地看着镜子中的自己，于是，那些过往又浮现在了自己的眼前。

第一次见到高泽洋的场景。小雨一直没想明白，为什么偏偏在那个时候让自己遇见了他。紧接着，小雨想到了高泽洋送自己的项链，那条名叫 lucky 却不知道是给自己带来幸运还是灾难的项链。到最后她发现，高泽洋留给自己能纪念的东西，居然仅是那条项链。

Lucky，小雨一直随身带着，却一直没戴上。小雨想到这，连忙打断化妆师的工作，从自己的包里搜出几乎快要被自己淡忘的 lucky。

小雨拿出项链给自己戴上，转过身问孙俊驰："怎么样？好看吗？"孙俊驰和服装师同时打量着小雨。这条项链的颜色和婚纱是相配的，只是，材质上，会相差很多。毕竟婚纱是昂贵的，项链却是廉价的。

但是，在孙俊驰还没发表意见之前，服装师不敢发表自己的意见，毕竟都是不好得罪的主。

"你喜欢就好了。"孙俊驰笑着回答。

于是，小雨就戴着项链坐回到化妆镜前，让化妆师继续为她化妆。小雨盯着镜子里脖子上的项链，觉得内心得到了莫大的安慰，却又莫名地伤感起来。现在的高泽洋，是不是已经和雅琳在一起了？是不是雅琳已经住进了高泽洋的家？是不是像小雨从没出现过一样，还如之前的和谐而美好。

化妆师很快为小雨化好妆，胆怯地问小雨，觉得如何？她生怕小雨是个刁钻难缠的人。谁料，小雨只是点点头说好。其实她不知道，小雨根本就不在意。这是一场没有爱情作为基础的结合，谁还会那么在意。两个人，都只是在完成任务而已。

化完妆后的小雨美得像个天使。因为顾及到小雨的年龄，所以，化妆师并没有将小雨打扮得特别成熟，反而加了几许清新的味道，甚至连孙俊驰都看得有些痴迷了。

"你真美。"孙俊驰靠在小雨的耳边轻轻地说。小雨腼腆地笑笑，这还是她第一次听到这样的赞美。

孙俊驰和小雨被领到超豪华摄影棚内。正要进行拍摄，小雨的手机却不合时宜地响了起来。

"不好意思，我接个电话。"小雨边说边朝棚外走去。

看着来电显示，是陌生号码。小雨眉头微微皱起，还是接了电话。还没开口，便听到了话筒里传来了哭哭啼啼的声音。小雨的记忆里，并没有这样的声音。小雨努力听着，可是，话筒里的声音一直在哭。

"小雨，好了吗？"孙俊驰冲小雨喊。小雨忙捂住话筒："好，马上。"

"你到底是谁？找我有事吗？"小雨不解地问。

"求求你，快来看看泽洋，他……他快死了。"对方哭哭咽咽地说完这句话，又是一阵撕心裂肺的哭声。

然而，小雨却愣在了原地，脑子一片空白。"泽洋，快死了？"小雨愣愣地想着这些话："你在哪儿，我马上过来。"

"中心医院。"

小雨挂上电话，就往影楼外跑。孙俊驰连忙追上来："小雨，怎么了？"小雨一脸的急切，也没有多余的时间解释，于是含糊地

对孙俊驰说："我现在马上要去一个地方，婚纱照延迟。"说完就
拦下了一辆出租车扬长而去，孙俊驰那句"我送你去"都还没来得
及说出口。

小雨穿着昂贵而华丽的婚纱，惹得司机大哥一阵不解和困惑。
但是，小雨只是一直急切地对司机大哥说让他快点。小雨不安，她
不知道发生了什么事，她不知道为什么对方说泽泽快死了。而且，
她能猜到对方是雅琳，因为她对高泽泽的称呼是泽泽。

司机看着小雨那火急火燎的表情，也拿出了去救火的速度。很
快，车子就停在了医院门口。小雨此时才发现，自己来得紧急，除
了电话，什么都没有带。

最后，情急之下，小雨摘下了自己的戒指给司机："师傅，我
没带钱，这个就当车费了。"小雨把戒指塞到司机手里，正要下车。
司机连忙叫住小雨，将戒指还到小雨手中："没关系，我免费送你
一程，戒指太贵重，我不能收。"

小雨拿着戒指愣愣地看着司机。司机只是温和地笑了笑，然后
关上车门，驾着车离开了。小雨不知道为什么自己总会遇到这样的
好人。这个司机让她想起了当初载着自己逃离的那位师傅。

3

小雨提着婚纱跑进了医院，直奔雅琳所说的病房。一路上，引
起了不少人回头观望。小雨真是太美了，美得像朵莲花。

跑到病房门口的时候，只见雅琳正坐在门口哭。雅琳的样子很

234

狼狈也很憔悴。小雨走过去，蹲在了雅琳的身前："怎么了？"

雅琳这才抬起头看她，看到是小雨，又哭了起来："对不起，我不该瞒着你的。对不起……"小雨皱着好看的眉头问："到底怎么了？"雅琳这才擦掉了泪水，缓缓地说起高泽洋出车祸的事。

原来那天高泽洋来找小雨，小雨却对高泽洋说了那样一番话。高泽洋便开着车在高速路上飙车，于是，出了车祸。雅琳也是医院联系到她，她才知道的。

"我以为，他会醒来，我以为当他醒来的时候，看到一直在他身边照顾他的人是我，他一定会被感动。所以，我一直瞒着你。可是，三天了，他都没有醒过来。我好害怕。我真的好害怕，我不知道该怎么办？"雅琳的脸上已经是几天没睡的浮肿，黑眼圈很重，整个人既消瘦又憔悴。小雨看着雅琳的样子，心疼了起来。

她不知道这几天，雅琳是怎么熬过来的，一个人面对这样的压力，还有那些脑子里恐怖的画面。

小雨刚想让雅琳去休息，雅琳却在小雨的面前直直地倒了下去。小雨连忙蹲着身子，抱住了雅琳，大喊医生。

医生很快赶过来。雅琳很快被送进病房。

小雨转过头，这才透着玻璃窗看到高泽洋。他安静地躺在病床上，全身都缠着结实的纱布。小雨捂着嘴，眼泪终于掉了下来。现在的高泽洋，真的不是自己想看到的。小雨真的不愿意看到这样的他。她希望他可以好好的活着，即便不快乐，至少那是短暂的。

小雨找来了医生询问高泽洋的情况。医生只是无奈地摇摇头："看他自己的造化了，如果再不醒来，很有可能会成为植物人。醒

过来越早，对病人的处境就越有帮助。"

听到这样的答案，小雨险些跌坐在地上。这一切多像一个笑话。一个荒诞滑稽的笑话。小雨缓缓地推开扶着自己的护士，朝病房走去。

小雨坐在高泽洋的病床边，终于大声地哭了出来："对不起，对不起，对不起……"似乎除了这三个字，小雨不知道还能说些什么。她只顾及到了妈妈和小帅，却没有顾及到高泽洋的感受。

"高泽洋，你醒来，好不好？"小雨哽咽地冲着高泽洋喊。最后渐渐地变成了歇斯底里："我求求你，我求求你，醒过来好不好？你怎么可以这样？你说过要带我走的，现在你不可以说话不算话的，你带我走呀。你起来带我走。我不开心了。我一点都不开心。"

可是，不管小雨怎么喊，高泽洋还是静静地躺在那儿。

"好，你不醒来，我就等着你，等你醒来，我一定要揍你一顿。"小雨抹去了脸上的泪水，静静地坐在高泽洋的病床边。她眼神空洞，灵魂像被抽空了一样。

小雨猛然间想到了雅琳，又忙走出病房，去医生那询问雅琳的情况。医生说，雅琳只是太累了，休息一阵就好了。小雨这才松了一口气。

孙俊驰的电话终于打了进来。小雨看着号码，已经无心倾听，也不想解释。最后，还是关了机。

4

小雨几乎天天守在高泽洋的病床边。然而，关于一个美丽新娘的故事也渐渐在这医院里传开。因为一个护士无心拍摄的照片传到了网上，美丽新娘的故事也渐渐引起了社会各界的关注，被许多媒体报道。更让人惊讶的是，这个新娘，居然就是曾经红极一时却又在一瞬间销声匿迹的黛茜。

于是，医院门口总围着许多记者，总想等到黛茜出来好证实这一消息。然而许多天过去，外界已经吵得纷纷扬扬，小雨在病房内却毫不所知。

直到孙俊驰出现在小雨的面前。小雨愣愣地看着孙俊驰，一时哑言，不知道该说什么，或者说，小雨压根就不想解释什么。

"跟我走。"孙俊驰拉着小雨的手，想要将她拉出病房外。

小雨狠狠地甩开孙俊驰的手："我不走，你走吧。我们的婚约，到此为止。"小雨冷冷地说。

孙俊驰愣愣地看着小雨："现在外面的媒体闹得沸沸扬扬，我们两个必须出面来澄清，不然，这对你，对我，或者对我们的家族，都不好。而且，你爷爷的人马上就要过来了。"

小雨听到这个消息，不禁一愣。而就在这时，雅琳突然闯了进来。她一醒，就迫不及待地要来看高泽洋，想看看他醒了没有，却刚好看到了孙俊驰和小雨拉扯的画面。

孙俊驰看着雅琳："现在，你们两个马上换衣服，我带你走，不然，你知道后果是什么。"小雨愣愣地看着孙俊驰，最终还是妥

协了。她和雅琳在另一个空的病房里换了衣服，边换衣服，小雨边向雅琳解释了当前的局势和情况。

而同时，孙俊驰也打点好了医院上下，绝不露出一丝破绽。

很快，小雨就被孙俊驰从医院的后门带了出去。当车子驶到医院大门的时候，小雨才看到成群的记者，不禁也被吓了一跳。若是这件事被闹开了，后果不堪设想。

还好孙俊驰先到，所以，当佟振宇的人赶到的时候，看到的只是穿着婚纱的雅琳。小雨坐在孙俊驰的车上："为什么要帮我？"

"这不是帮我，也是在帮自己，若是被媒体知道，我孙俊驰的未婚妻，跑到别的男人病床前守候着，我是不是该去自杀呢？"孙俊驰半开玩笑，半认真地说。

小雨不再说话。

"明天我们出席记者会，澄清这件事，另外宣布我们的订婚消息。"孙俊驰说得理所当然。

"那可以先送我回家吗？我想我妈了。"小雨说。

孙俊驰点点头。

小雨到家的时候，妈妈正在厨房里做饭，奶奶在休息，小帅还没放学。小雨慢慢地走进厨房，看着妈妈的背影，难过和辛酸一拥而上。

"小雨，你怎么回来了？"妈妈看到身后的小雨，忙洗了手走过来。

"妈，现在的你，幸福吗？"小雨不知道怎么的，问出了这样矫情的问题。妈妈先是一愣，随即一笑："幸福不是谁可以给的，是要自己争取的。对我而言，你和小帅幸福了，我才会幸福。"

小雨愣愣地听着，总觉得妈妈话里有话。直到看到客茶几上的报纸，她才知道，妈妈全部都知道了。

5

"小雨，妈妈的幸福就是你要幸福，小帅要幸福，其他的，真的没有那么重要。这些年，我想得很明白，你爸爸当初那么对我，我却依然可以原谅他，知道为什么吗？因为恨着，是永远不会幸福的。所以，以后的日子，你也千万别给自己留下恨。你觉得什么是幸福，就勇敢地追求。"这是妈妈第一次对小雨说这样的话，这些看似矫情却出自肺腑的话。

"那你爱爸爸吗？"小雨看着妈妈问。

妈妈只是温柔一笑："或许从他赶我出家门的时候，我就不会爱了。生活总是要过的，所以，就算不爱，至少应该喜欢。"

小雨静默了良久。

第二天，小雨和孙俊驰如约出席了记者会。记者会上，小雨始终一言不发。只是孙俊驰一直在解释，此事是有人借着黛茜的名义炒作。并且解释了黛茜销声匿迹的原因，是因为要接受手公司事宜。于是，这件事，就这样化险为夷。当孙俊驰宣布自己和小雨的婚事时。所有的记者都鼓起了掌。

这一件喜事，很快覆盖了美丽新娘的故事。于是，满世界都是

这个喜讯在流传着。小雨有时候会偷偷打电话给雅琳，问高泽洋醒来了没有，但是每一次，雅琳的回答都是没有。每一次的答案，都让小雨的心往下掉一层。

因为害怕小雨再一冲动做出出格的事，佟振宇甚至像看犯人一样看着小雨。眼看着明天就是订婚宴了，佟振宇不想再出任何的差错。

小雨几乎被软禁，只能上网询问兮兮公司的情况。兮兮说，很好，一切都安然无恙，小雨便不再继续追问。直到她无意间浏览新闻网页的时候，才看到一条爆炸性的新闻。

死刑犯在监狱内自尽身亡。然而，当看到死刑犯生前的照片的时候，小雨的脑子顿时陷入了空白。居然是瑾瑜。

"你不幸福，我就会死。"

这是瑾瑜最后对自己说的那句话。这句话像咒怨一样，啃食着小雨的思维。她曾经嗤之以鼻的一句话，居然活生生地实现了。瑾瑜这是在惩罚她吗？因为她不幸福，所以要惩罚她。小雨捂着嘴，看着报道里的一字一句。瑾瑜死前，对狱友说过这样一句话："因为活着的最后信仰都没有了，所以活着比死亡痛苦。"

这句话他的狱友们也不当真，只当他矫情。然而，就在大家都在努力让自己减刑的时候，瑾瑜却自杀了。他磨尖了牙刷，刺进了大动脉。然而，狱方也怀疑会不会是他杀，却没有发现他杀的痕迹。

"最后的信仰没有了，所以，活着比死亡痛苦。"小雨看着这一行字。眼泪无声地流下来。最后的信仰，难道就是自己

240

的幸福？

小雨这才真正思考起了幸福的含义。幸福到底是什么？自己曾经一度认为是不幸福的，从小到大，一直到瑾瑜抛弃自己，孩子死掉，她都觉得自己是不幸福的。可是，到底想要的幸福是什么呢？如果自己想要的幸福是瑾瑜，为什么瑾瑜回头的时候，又不接受呢？

小雨不愿想下去。因为她此刻才发现，其实自己一直是幸福的，只是自己错过了。从安承夜，再到瑾瑜，再到高泽洋，自己都是。可是因为胆怯，因为懦弱，居然不敢去接受这样的幸福。

6

订婚宴如期举行，除了宾客之外，也来了不少媒体。宴会的地点在一家国际酒店的顶楼。小雨不知道自己是怎样穿上礼服，被化好妆出现在订婚宴上的，她的脑子，是麻木的。她麻木地想着瑾瑜的死，直到孙俊驰出现在她身旁，她才回过神来。孙俊驰本想赞美小雨今天的装扮，却看到了她脖子上那条并不奢华也不高贵的项链。

"这，是他送的吗？"孙俊驰盯着项链坠子上的星星问。

小雨低头看着这条叫lucky的项链。又一次怀疑起，它真的是lucky吗？如果是，为什么戴上之后，坏消息总是接踵而来？先是高泽洋的车祸，可能成为植物人的消息，接着是瑾瑜自杀的消息，如果是这样，那是不是接下来，就该轮到自己了？想到这，小雨淡淡

地笑了笑。

小雨冲孙俊驰点点头。

孙俊驰优雅地笑着，不再说什么。小雨又想起了高泽洋，忙给雅琳打电话，想询问高泽洋的情况。然而，得到的答案一成不变，高泽洋没有醒来。

司仪喊着新人出场，小雨麻木地跟着孙俊驰走了出去。天台上的风，天台上的灯光，还有那些穿着正式的人们，一切都显得不真实。小雨不知道自己怎么坚持到宴会结束的，她拿着一杯酒走到了天台边。

她抬头，看着天上的星星。对孙俊驰说："你看，这颗是阿紫，那个是瑾瑜。另外一颗，是我。"孙俊驰看着她："那我呢？"

小雨转过头看着孙俊驰，然后淡淡地笑笑："你自己找。"孙俊驰温柔地笑着："我先过去安排一下，待会送你回家。"

小雨点点头，看着孙俊驰的背影，只觉得越来模糊。

小雨转过身，向楼下望。川流不息的车流，还有闪烁不定的霓虹，似乎都成了诱惑。小雨缓缓地踩上栏杆，最后轻轻一跃。她觉得自己在飞翔，极速的风在耳边呼呼而过。她似乎看到了安承夜和婷薇归来，两个人已经成为了最炙手可热的情侣音乐家。他们在办音乐会。钢琴和提琴的声音完美融合。

她似乎又看到了潇潇，还有吴深秋，他们都遇到了自己相爱的人，过着幸福的生活。她又看到了流紫和瑾瑜，他们对自己笑着。

最后她看到了高泽洋，高泽洋对自己说："我带你走。"

小雨笑着回答："好。"

　　一颗眼泪从眼角落了下来，随后又被吹散在急速的风里。青春总是如流沙，抓不牢，守不住。

　　而此时，高泽洋如同在一场噩梦里惊醒，猛地睁开了眼睛。雅琳开心地又哭又笑，连忙打电话给小雨，告诉她这个好消息。然而，这个号码，却再也无法拨通。